Antonia Michaelis

Die Amazonas-Detektive

Verschwörung im Dschungel

Illustrationen von Sonja Kurzbach

Band 1

Loewe

Für alle mutigen Kinder,
die nie aufhören,
die verschwundenen Dinge
und Leute zu suchen.

FSC
www.fsc.org
MIX
Papier aus verantwortungsvollen Quellen
FSC® C014496

ISBN 978-3-7432-0854-4
1. Auflage 2021

Dieses Werk wurde durch die Literaturagentur Beate Riess vermittelt.
Umschlag- und Innenillustrationen: Sonja Kurzbach
Umschlaggestaltung: Michael Dietrich
Printed in the EU

www.loewe-verlag.de

INHALT

ERSTES KAPITEL,

in dem Pablo eine Botschaft erhält und der Fluss noch schläft

Die Villa war marode. Sagten die Leute.

Das bedeutete: Kaputt. Hinüber. Einsturzgefährdet.

Sie stand zwischen anderen weniger kaputten und bunt angestrichenen Häusern – hellblau, gelb, lila, aber die Villa selbst hatte keine Farbe. Und aus den Ritzen wuchsen Bäume, kleine und große: auf dem Dach, den Balkons, aus den Fenstern. Schlingpflanzen umrankten die alten Mauern, Gras bedeckte die Eingangsstufen, kleine lila Blüten regneten durch die Fenster.

Pedro liebte die Villa.

Sie war sein Zuhause.

Bei gutem Wetter schlief er oben auf dem Dach, auf einem kleinen Türmchen. Bei Regen kletterte er durch ein Loch in den Raum darunter. Von dort aus sah man die ganze Stadt, die bunte, laute, chaotische Stadt – und dahinter den Urwald, in der Ferne, grün, unendlich.

Es war der Urwald, der die Villa zurückerobert hatte. Es geschah überall dort, wo etwas von den Menschen verlassen wurde: Die Pflanzen, die vor Jahrtausenden hier gestanden hatten, kamen einfach zurück. Das gefiel Pablo.

Die Villa war wie ein Stück von dem Grün da draußen, ein Stück Wildheit.

Pablo war noch nie dort gewesen.

Im wahren Urwald.

»Eines Tages«, sagte er zu sich selbst, »eines Tages lerne ich ihn kennen. Irgendwo da draußen wartet das Abenteuer.«

Es war ein Dienstag, an dem er das sagte, und er saß auf dem Turm und ließ die Beine baumeln.

Dann nahm er die Spiegelscherbe in die Hand, die neben ihm lag, und wischte sie an seinem schmutzigen T-Shirt ab. Ein Junge von etwa zehn Jahren blickte ihn an, mit wachen dunklen Augen und zimtfarbener Haut, auf der Nase eine lange Schramme, das Gesicht im Allgemeinen nicht unbedingt sauber. Auf dem drahtigen schwarzen Haar saß schräg eine alte schwarze Schiebermütze und unten sah man gerade noch den ausgefransten Ausschnitt des gelbgrünen Fußball-T-Shirts, das bessere Tage gesehen hatte.

Alles in allem, fand Pablo, sah er aus wie ein echter Abenteurer.

»Blöd«, sagte er zu seinem Spiegelbild, »dass ich nie ein Abenteuer erlebe. Ich meine, so abenteuerlich ist es nicht, auf der Straße Leute anzubetteln oder ihnen für Geld Einkäufe nach Hause zu tragen. Es wäre besser, ein reicher Adeliger zu sein. Auf einem Pferd mit Silbersporen. Oder auf einem Dreimaster, an dessen Reling man stolz stehen und fremden Ländern entgegensehen kann. Oder mit dem Degen in der Hand die Schlangen im Urwald zu bekämpfen. Oder …«

Er hielt inne und beugte sich weiter vor.

Da war etwas gewesen, eine Bewegung unten zwischen den Büschen vor der Villa. Ein Schatten …

»Miguel?«, rief Pablo leise. Denn es war Miguel, auf den er da oben auf seinem Turm wartete.

Miguel kam jeden Freitag vorbei, setzte sich zu ihm auf die Stufen vor der Villa und unterhielt sich mit ihm. Meistens brachte er Pablo ein Sandwich oder einen gegrillten Maiskolben mit. Aber am letzten Freitag war er nicht gekommen, was Pablo gewundert hatte.

Miguel war Student.

Er trug eine Brille mit kleinen runden Gläsern und lustigem rotem Rahmen und er hatte so große Träume wie Pablo. Oft saßen sie freitags zusammen auf den Stufen der Villa und träumten: von Abenteuern, von den

Meeren und den Sternen und dem grünen Geheimnis des Waldes rund um Manaus, ihre Stadt.

An diesem Tag ahnte Pablo noch nicht, wie bald er den Wald besser kennenlernen würde. Wie bald er in ein Abenteuer hineinrutschen würde. Allerdings ohne Degen und Silbersporen.

»Miguel, bist du das?«, rief Pablo. Niemand antwortete.

Unten in der Villa klirrte etwas. Glas. Eine Scheibe.

Das war seltsam. Pablo begann, außen am Turm an einer Kletterpflanze herunterzuklettern, denn die Treppe unten war seit Langem nicht mehr begehbar.

Unten sprang er ins Gras und zog sein altes Taschenmesser heraus und so schlich er vorwärts, dorthin, woher das Klirren gekommen war.

Denn leider besaß er keinen Degen.

Er besaß eine bunte gewebte Umhängetasche, drei Unterhosen mit Löchern, das Messer, eine durchgelegene Matratze und eine kleine Bibel, die ihm ein netter Priester einmal geschenkt hatte und die er verwendete, um Kerzen darauf festzukleben.

Es klirrte wieder unten in der Villa. Pablo mochte die unteren Räume nicht so sehr, sie waren zu dunkel und zu groß und die Leute warfen Müll hinein, den er lieber den Ratten und Katzen überließ.

»Miguel, bist du das? Spielst du Verstecken mit mir?

Komm raus da«, sagte Pablo. »Wir können uns auf die Stufen setzen wie immer. Hast du was zu essen dabei? Wie … wie waren die letzten Prüfungen …?«

Noch ein Rascheln in der Villa. Und dann ein seltsames Geräusch, kläglich, leise – ein Weinen.

Die Tür hinter den Stufen war mit Holzbrettern zugenagelt. Pablo holte tief Luft und kletterte durch das nächste Fenster. Drinnen landete er zwischen Plastiktüten, alten Blättern und Saftkartons und auf einmal war alles dunkel. Die bunt angemalte, laute, verrückte Stadt blieb hinter ihm zurück. Hier war alles gedämpft und schattig.

Pablo rückte seine Kappe zurecht. »Wer immer du bist, ich komme jetzt«, sagte er, ein leichtes Zittern in der Stimme. »Hab keine Angst.«

Pablo schlich Schritt für Schritt voran, stieg über Pappkartons und leere Flaschen und dann sah er die zusammengekauerte Gestalt auf dem Fußboden. Es war kein Mensch.

Es war ein Tier. Ein großes und struppiges, mageres Tier. Ein Jaguar, dachte Miguel. Ein verletzter Jaguar.

»Der Urwald ist zu mir gekommen«, wisperte er. »Er hat einen Botschafter geschickt …«

Da hob der Jaguar den langen, schmalen Kopf und sah

ihn an. Es war kein Jaguar. Es war ein Hund. Kurzfellig, grau, zerzaust, dreckig … riesig.

»O Dios«, sagte Miguel. »Was ist denn mit dir passiert?«

Er trat ganz vorsichtig näher und dann sah er, dass der Hund die linke Vorderpfote seltsam hielt. Seine Läufe waren lang und schmal, elegant fast, aber etwas mit der Pfote stimmte nicht.

»Bist du angefahren worden?«, flüsterte Pablo. »Oder hat jemand … etwas nach dir geworfen? Einen Stein?« Er kniete sich neben den Hund und der Hund sah ihn an und hechelte. Er schien Pablo zu vertrauen.

»Miguel wird wissen, was wir mit dir machen«, sagte Pablo. »Er studiert an der Universität, um Arzt zu werden. Er mag Hunde. Er mag alle Tiere. Obwohl er Menschenarzt werden will. Er mag eben alle, so ist Miguel. Er ist mein Freund.« Der Hund stellte jedes Mal beim Namen »Miguel« die kurzen, dreieckigen Ohren auf.

»Sag nicht, du kennst Miguel!«, sagte Pablo. »Nein. Du kennst jemanden, der auch Miguel heißt, richtig? Ich habe ihn länger nicht gesehen …«

Um den Hals trug der Hund statt eines Halsbandes einen Strick und unter dem Strick … »Verflixt, da klemmt ja ein Stück Papier«, flüsterte Pablo, auf einmal aufgeregt. »Was … was ist das?«

Der Hund ließ zu, dass er das Papier herauszog, und als er es auffaltete, fand er darauf seinen Namen und erschrak.

PABLO.

Miguel hatte ihm vor einem Jahr Lesen und Schreiben beigebracht und eigentlich hatte Pablo es immer irgendwie überflüssig gefunden, aber jetzt war er froh, dass er es konnte. Die Schrift auf dem Zettel sah ein bisschen krakelig aus. Fast, als hätte ein Kind die Worte geschrieben.

»*Pablo, wenn du das hier liest*«, entzifferte er mühsam Wort für Wort, »*… dann hat der Hund dich gefunden. Was ein kleines Wunder ist. Vielleicht hast du gemerkt, dass ich verschwunden bin. Glaub mir, ich bin nicht freiwillig verschwunden. Keiner von uns ist das. Du musst uns helfen. Wir sitzen hier fest. Der Hund gehört einem Freund. Ich weiß nicht, was sie mit uns vorhaben und …*«

Das letzte Wort war halb verrutscht und mehr stand da nicht. »Und … was?«, flüsterte Pablo und sah dem Hund in die dunklen Augen. Aber der Hund hatte keine Antworten. Er leckte vorsichtig seine verletzte Pfote. »Miguel hat das geschrieben«, wisperte Pablo. »Aber warum ist es so krakelig? Und … er ist beim Schreiben gestört worden, er musste plötzlich aufhören … Warum? Wer sind sie?«

Er knüllte den Zettel in seiner Hand zu einem kleinen Ball. Dann erschrak er, entknüllte ihn wieder und strich ihn auf seinem Knie glatt. »Der Zettel ist ja alles, was wir haben«, flüsterte er. »Als Anhaltspunkt. Miguel ist etwas passiert, richtig? Wir müssen ihm helfen.«

Er nahm den Kopf des Hundes zwischen seine Hände. »Ich wollte ein Abenteuer«, wisperte er. »Aber ehrlich gesagt … hätte ich jetzt doch lieber ein Sandwich. Hund? Ich habe ein bisschen Angst.«

Als der Nachmittag sich neigte, saß Pablo an der Mauer beim Fluss und sah zu, wie die großen Amazonasdampfer ausgeladen wurden.

Eine Menge Leute saßen mit ihm da, die Mauer war bunt vor lauter Menschen – Menschen, die Dinge verkauften oder bettelten oder sich unterhielten und den Nachmittag genossen, Liebespaare, alte Leute, Kinder. Unten an der Anlegestelle wuselten noch mehr Menschen herum, Menschen, die Kisten und Taschen und Tüten trugen.

»Manchmal kommen um diese Zeit Touristen an«, sagte er zu dem Hund neben sich. »Ich führe sie herum, weißt du. Erzähle ihnen was über die Geschichte der Stadt. Darüber, wie die Spanier die Stadt gebaut haben und reich geworden sind mit dem Kautschuk von den Gummibäumen. Über die Indios, die auf ihren Farmen gearbeitet haben und alle gestorben sind wie die Fliegen. Das weiß ich von Miguel.« Er streichelte den Hund, der ihn ernst betrachtete. »Du solltest meine Geschichten hören! In dieser Villa, meine Damen und Herren, lebte ein versklavtes Indiomädchen, das mit dem reichen Sohn eines Kautschukbarons durchgebrannt ist. Sie sind nachts auf einem kleinen Kanu geflohen und beinahe ertrunken, als es umkippte, aber dann haben die rosa Flussdelfine sie gerettet … Ich bin gut im Geschichtenerfinden. Touristen mögen so was.« Er seufzte. »Aber heute … Ich glaube, heute führe ich niemanden. Ich muss nachdenken.«

Er sah dem Fluss nach, der das Wasser gemächlich durch sein breites Bett schob, an den Hafenanlagen vorbei, an den Fabriken, die weiter hinten ihre giftigen Dämpfe in den Himmel spien wie riesige Drachen, an den letzten Hütten der Slums vorüber und in den Urwald. Der Fluss kam aus dem Urwald und floss in den Urwald, der Fluss war Teil des Urwaldes, war sein Herz.

Rio Negro. Schwarzer Strom.

Allwissende Mutter des Lebens.

»Du weißt, wo er ist, nicht wahr?«, flüsterte Pablo dem Fluss zu. »Miguel. Fließt du an dem Ort vorbei, an dem er festsitzt? Hast du ihn gesehen? Geht es ihm gut?« Er beugte sich vor und starrte den glänzenden Strom an, als könnte er ihn zu einer Antwort zwingen. »Wer hat Miguel eingesperrt?«, fragte er eindringlich. »Er hat sich mit jemandem angelegt, mit dem er sich besser nicht angelegt hätte, richtig? Es gibt eine Menge Leute, mit denen man sich besser nicht anlegt. Große Leute. Mächtige Leute. Leute, denen alles gehört. Aber was soll ich … ich allein gegen sie tun? Ich muss etwas tun. Miguel wartet auf mich. Aber die Stadt ist so groß! Wie soll ich da jemanden finden?«

»Hör mal, redest du immer mit dem Fluss?«, fragte eine hohe, klare Stimme hinter ihm und er fuhr herum. Vor ihm stand ein Mädchen mit feinem braunem Haar, das zu einem langen Zopf geflochten war, hellblauen Augen und kleinen Sommersprossen auf der blassen Nase. Sie platzierte sorgfältig zwei glänzende Münzen in Pablos Mütze, die neben ihm auf der Mauer lag. Dann strich sie ihr blaues Sommerkleid glatt und legte den Kopf schief, um ihn zu mustern. »Er antwortet nämlich nur nachts«, sagte sie.

»Ach was«, sagte Pablo. »Hallo, Ximena.«

»Wirklich«, meinte sie. »Tagsüber schläft er. Guck es dir an, das träge Wasser. Das sieht man doch.«

Sie sah sich um und Pablo folgte ihrem Blick. Eine sehr ordentlich gekleidete junge Dame war ein paar Meter weiter dabei, mit einem schmutzigen kleinen Jungen zu feilschen, der Topfschrubber verkaufte. »Die ist für den Moment abgelenkt«, sagte Ximena und grinste. »Sag mal, was ist das für ein Hund?«

Pablo seufzte schon wieder. »Er ist verletzt. Seine Pfote. Ich weiß nicht, was ich mit ihm machen soll. Er gehört dem Freund eines Freundes und der Freund hat ihn mir geschickt.«

»Eine Menge Freunde«, sagte Ximena, kniete sich hin und nahm vorsichtig die Pfote des Hundes in ihre Hand. »Das ist ein Schnitt. Er hat sich an etwas Scharfem verletzt, einem Draht oder so etwas. Die Wunde muss desinfiziert und verbunden werden.« Sie sah zu Pablo auf. »Komm nachher vorbei, wenn es dunkel ist, und pfeif unter dem Badezimmerfenster. Ich versuche rauszukommen.«

Ximena wohnte in derselben Straße, in der Pablos marode Villa stand. Sie wohnte in einer richtigen Villa, einer mit Blumentöpfen vor dem Eingang und einem Zaun und einer blank polierten Messingklingel. Die Villa gehörte Ximenas Großvater, einem griesgrämigen alten Herrn, den man nur selten auf der Straße sah. Ximena wohnte bei ihm, da ihre Eltern nicht mehr lebten.

Wenn sie bei Pablo vorbeikam, schenkte sie ihm jedes Mal ein paar Münzen.

»Also. Warum hat dir der Freund des Freundes einen Hund geschickt?«, fragte Ximena.

Aber jetzt kam die ordentlich gekleidete junge Dame auf sie zu.

Pablo konnte nur noch »Später!« flüstern, ehe sie Ximena missbilligend ansah und mit sich wegzog.

Die ordentliche Dame war die Haushälterin von Ximenas Großvater und ohne sie durfte Ximena nicht auf die Straße.

»Wie oft muss ich dir noch sagen, dass du nicht mit diesem Jungen reden sollst«, hörte Pablo sie rufen und dann lotste sie Ximena über die Straße zur alten Markthalle hinüber. Ximena drehte sich einmal um und winkte, ehe sie im Gewühl der bunten Menschen verschwanden.

ZWEITES KAPITEL,

in dem jemand bei Mondlicht verarztet wird, der Silberbaron gefährliche Zeitungen versteckt und ein Betrunkener die Kinder warnt

Pablo wartete, bis es ganz dunkel war.

Der Hund neben ihm auf der Treppe der alten Villa war eingeschlafen. Pablo hatte von Ximenas Geld ein Sandwich gekauft und es mit ihm geteilt und nun lag er da wie ein großer, erschöpfter Fellhaufen. Pablo streichelte ihn eine Weile gedankenverloren und sah dem Mond zu, wie er über die Häuser von Manaus am Nachthimmel hinaufkroch.

Die Blätter der Ranken, die die Villa umgaben, wippten im leisen Nachtwind. Grillen zirpten, Autos rauschten in der Ferne vorbei, irgendwo lief Musik. Pablo wippte mit dem Fuß im Takt: Samba, der Rhythmus der Stadt.

»Wenn ich erwachsen bin«, flüsterte er dem schlafenden Hund zu, »und ein richtiger Held, dann werde ich ein Mädchen haben und ich werde es in eine dieser Bars führen und mit ihm Samba tanzen. Ich werde eine schickere Mütze haben als jetzt, oder besser noch einen Hut, und eine Blume am Kragen und ich werde den Musikern eine Handvoll Münzen zuwerfen und mit meinem Mädchen über die Tanzfläche wirbeln – sie wird die Schönste von allen sein, natürlich …«

Er seufzte. »Aber noch bin ich kein Held. Vielleicht werde ich einer, wenn ich Miguel finde und ihn zurückhole. Wo immer er ist.«

Er rüttelte den Hund sacht. »Komm! Kümmern wir uns um deine Pfote! Der alte Herr schläft jetzt bestimmt. Ximena wartet auf uns!«

Kurz darauf krochen sie durch eine ziemlich dichte Hecke und standen zwischen Rosenbüschen hinter einem hoch aufragenden Gebäude voller Verzierungen und Erkern: Das große Haus war ein Schmuckstück und aus altem, glänzend grauem, fast silbernem Stein. »Das Silberhaus«, flüsterte Pablo dem Hund zu. »So nennen es die Leute hier. Und den alten Herrn nennen sie den Silberbaron. Er hat silbernes Haar und einen schwarzen Spazierstock mit silberner Spitze und silbernem Griff. Aber jetzt schläft er …«

Pablo schlich näher an das Haus heran, hob einen kleinen runden Kieselstein auf, einen von vielen Tausend runden Kieseln, die den Boden zwischen den Bäumchen bedeckten. Er warf ihn an eines der Fenster im zweiten

Stock des Silberhauses, wo er mit einem kaum hörbaren »Pling« gegen die Scheibe schlug, und zehn Minuten später öffnete sich die Hintertür. Eine kleine Gestalt mit Nachthemd, bloßen Füßen und einer Taschenlampe trat hinaus, etwas außer Atem vom Treppenlaufen. Ihr braunes Haar fiel jetzt offen um ihr helles Gesicht, niemand zwang es mehr nach hinten zu einem Zopf.

»Da seid ihr also«, sagte Ximena, schloss behutsam die Tür und setzte sich auf die Treppe, neben sich eine kleine, verbeulte Aluminiumkiste mit einem roten Kreuz darauf. Der Erste-Hilfe-Kasten.

»Dann lass mal sehen«, sagte sie ruhig und leise und nahm die verletzte Vorderpfote des Hundes in die Hand, um sie eingehend im Licht ihrer Taschenlampe zu betrachten. Dann nahm sie eine Flasche Desinfektionsspray und eine weiße Binde aus der Kiste und der Hund zuckte leicht.

»Keine Angst«, wisperte Pablo und streichelte ihn. »Sie kann das, glaub mir. Mich hat sie auch schon verarztet.«

»O ja«, sagte Ximena und begann, mit einem Stück weißen Stoff die Wunde des Hundes zu säubern. »Als Pablo sich mal wieder geprügelt hatte mit den anderen Jungs auf der Straße, aber das sollte er lassen, hörst du, Hund? Ich werde zwar später Ärztin, aber er muss sich wirklich nicht extra grün und blau schlagen lassen, nur damit ich ihn verbinde!«

»Ich habe mich nicht extra …«, knurrte Pablo, doch in diesem Moment ging drinnen im Silberhaus das Licht an und sie zuckten alle drei zusammen.

»Das ist mein Großvater«, wisperte Ximena, kaum hörbar. »Er schläft doch nicht! Er ist in der Bibliothek. Das ist gleich das Fenster da drüben. Schaut, da brennt eine Leselampe!« Sie zuckte mit den Schultern. »Immer wenn er nicht schlafen kann, geht er nachts in die alte Bibliothek und liest, bis er einschläft, und dann findet Marina ihn, mit dem Kopf auf seinem Buch, und macht ›tz, tz, tz‹.«

Pablo lachte. »Du hörst dich genauso an wie sie, wirklich.«

Ximena nickte und wickelte den Verband um die Pfote des Hundes. »Ich muss es mir ja auch jeden Tag anhören. Schnalz hier, Schnalz da … ›Also dieses Kiiind, Senhor, was tue ich nur mit diesem Kiiind, ständig träumt es nur … Iss dein Essen auf, Ximena. Lies abends nicht mehr so lange, Ximena, diese wilden Abenteuergeschichten sind sowieso nichts für junge Damen, geh nicht alleine hinaus, Ximena! Wasch dir die Hände, was hast du da draußen schon wieder angefasst?‹« Sie steckte den Verband mit einer kleinen Metallklammer fest und nickte zufrieden. »So, fertig. Du bist so gut wie neu.«

Der Hund legte seinen großen Kopf auf Ximenas Knie und Ximena kraulte ihn und sah Pablo an.

»Also? Was ist mit deinem Freund? Er ist … verschwunden?«

»Ungefähr«, sagte Pablo.

Und dann holte er den Zettel aus der bunten Umhängetasche und gab ihn Ximena. Sie überflog ihn, für sie war Lesen kein Problem, sie hatte Privatunterricht im silbernen Haus und eines Tages würde sie eine Dame werden. »Ph«, sagte Ximena, als Pablo das laut aussprach. »*Dame!* Ich würde lieber eine Abenteurerin werden. Wetten, meine Mutter war das auch?«

»Sie kam aus Europa«, sagte Pablo. »Oder? Also war sie eine Dame. In Europa sind alle reich.«

»Pfft«, machte Ximena wieder. »Das glaubst auch nur du. Der alte Herr meint, sie hatten nichts, meine Eltern, nicht einen Centavo, und dass meine Eltern verrückt waren, beide, und dass ich froh sein soll, dass er mich aufgenommen hat. Er hatte immer das Geld, nur er. Mein Vater hätte es erben können, aber er ist nach Europa gegangen und hat meine Mutter da getroffen und wetten, sie waren auch Abenteurer?«

»Sie sind nach Brasilien zurückgekommen und … haben was genau gemacht?«

Ximena zuckte mit den Schultern. »Darüber redet der alte Herr nicht. Wenn ich ihn frage, tut er, als hätte er nichts gehört, und fummelt an seinem Hörgerät herum.

Dabei hört er prima, das weiß ich. Ich wette, sie haben ein wahnsinnig tolles Abenteuer erlebt und dann …«

Sie verstummte. »Ich weiß nicht. Dann sind sie irgendwie gestorben. Oder verschwunden.«

»Verschwunden«, sagte Pablo. »Wie … Miguel.«

»Nein, anders«, sagte Ximena. »Ohne Nachricht und Hund. Vielleicht haben sie mich auch einfach hiergelassen, bei dem alten Herrn im Silberhaus, weil sie mich nicht wollten. Weil sie ohne mich bessere Abenteurer sein konnten.« Sie sah so traurig aus, dass Pablo einen Arm um sie legte, aber dann blickte sie auf und ihre blauen Augen blitzten. »Aber ich werde auch ohne sie eine Abenteurerin, das sollst du mal sehen«, flüsterte sie. »Und jetzt gehen wir los und bringen in Erfahrung, wo Miguel steckt. Irgendwer in der Stadt muss doch was wissen.«

»Die Stadt ist groß«, sagte Pablo. »Und es ist ein verschwundener junger Mann. Nur einer.«

»O nein«, sagte Ximena geheimnisvoll. »Ich habe den alten Herrn reden hören. Es ist eine ganze Gruppe. Er war Student, oder?«

»War? Er ist immer noch Student«, sagte Pablo.

In diesem Moment öffnete sich fünf Meter entfernt ein Fenster unten im Silberhaus. »Ist da jemand?«, fragte eine heisere Stimme aus dem Fenster. »Hallo?«

Der Kegel einer starken Taschenlampe wanderte über den Kieselsteinplatz und die Treppe vor der Hintertür.

Aber Ximena und Pablo saßen längst nicht mehr dort. Sie hatten sich hinter die Stufen geduckt und winzig klein gemacht. Nur der Hund saß verwirrt noch immer vor der Tür.

»Ach, bloß ein Hund«, murmelte der alte Herr. »He! Du! Geh weg!« Und dann flog etwas durch die Luft, und der Hund sprang auf und kroch winselnd durch die Hecke.

»Teufel auch, ich hätte schwören können, dass die Hecke dicht genug ist, um nichts und niemanden durchzulassen«, sagte der alte Herr und schloss das Fenster. »Wir bleiben hier alle schön in unserem Bereich, Hund, hörst du? Nicht dass das Kind eines Tages auf Ideen kommt. Zu gefährlich da draußen. Viel, viel zu gefährlich.«

Ximena und Pablo atmeten beide langsam aus, sahen sich an und lachten. Allerdings ganz leise.

»Nichts und niemanden durchzulassen, der hat eine Ahnung«, flüsterte Ximena.

»Was hat er denn nun gesagt, über Miguel?«, wisperte Pablo.

»Über Miguel gar nichts, er kennt ihn ja nicht«, sagte Ximena. »Aber neulich saß er vor seiner englischen Zeitung vorne am Gartentisch und hat den Kopf geschüttelt und zum Gärtner gesagt, der vorbeikam: ›Schau dir diese

Studenten an, Juan, fahren die da doch wirklich raus und glauben, sie könnten etwas ändern.‹

Juan hat mit ihm in die Zeitung geguckt und ›Ja, Senhor‹ gesagt, das sagt er immer.

›Ich werde dir was sagen, Juan‹, hat der alte Herr gesagt, ›die werden allesamt verschwinden, diese verrückten Studenten, die sieht keiner je wieder.‹

Und ich habe ihn gefragt, worüber er redet. Ich saß am Tisch und habe Hausaufgaben gemacht. Aber er hat nur geknurrt und gesagt, dafür wäre ich noch zu klein, und hat die Zeitung mitgenommen und ist ins Haus gegangen, obwohl er seinen Kaffee nicht ausgetrunken hatte, und seine Schultern waren ganz krumm, krummer als sonst, und irgendwie glaube ich, er dachte an seinen Sohn. Meinen Vater. Der auch nie wiedergekommen ist – von wo auch immer.«

»Das heißt, eine ganze Gruppe von Studenten ist verschwunden?«, wisperte Pablo. »Hast du dir die Zeitung angeguckt?«

»Die ist auch verschwunden«, sagte Ximena. »Wie die Studenten. Ich habe sie in seinem Arbeitszimmer gesucht, als er nicht da war, aber er hat sie zu gut versteckt. Er will nicht, dass ich diesen Artikel lese.«

»Weil es gefährlich ist«, wisperte Pablo. »Es ist sogar gefährlich, den Artikel nur zu lesen.«

Und er spürte, wie es in ihm kribbelte vor Aufregung.

»Gefährlich«, wiederholte Ximena. »Wie alles draußen vor der Hecke.« Dann stand sie auf. »Dein Hund wartet da draußen.«

»Ja, ich … sollte gehen«, sagte Pablo.

Ximena nickte, er sah es nur gerade so im Dunkeln. »Ich wette, es gibt eine ganze Menge Leute in der Stadt, die die eine oder andere Sache wissen. Und die um diese Zeit nicht schlafen. Es ist gerade halb elf.«

Pablo nickte langsam. »Ich habe ein paar Freunde, die am Theaterplatz … arbeiten«, sagte er. »Man hört eine Menge, wenn man da arbeitet. Es ist die Mitte der Stadt. Die Mitte aller Mitten.«

»Dann sollten wir gehen«, sagte Ximena.

»Moment – wir?«, fragte Pablo.

»Natürlich«, flüsterte Ximena, huschte barfuß über den Kieselsteinplatz, um sich auf alle viere niederzulassen. Da saß sie, in ihrem weißen Nachthemd, vor dem Durchschlupf in der Hecke, und ihre Augen blitzten wieder. »Komm! Wir sind dabei, in ein Abenteuer zu geraten, ist dir das nicht klar? In ein richtiges Abenteuer! Das ist die Chance!«

»Aber du kannst nicht …«, begann Pablo. Da war Ximena schon durch die Hecke gekrochen und er seufzte und kroch ihr nach. »Das gibt Ärger«, wisperte er. »Das gibt verdammt Ärger mit dem alten Herrn vom Silberhaus.«

»Ach was«, sagte Ximena. »Bis morgen früh bin ich wieder da.«

Aber Pablo dachte, dass man das nie wusste.

Es war merkwürdig, mit Ximena durch die nächtlichen Straßen von Manaus zu wandern. Er hatte darauf bestanden, sie an der Hand zu nehmen, obwohl sie ihn ausgelacht hatte. Sie wusste nicht, welche tatsächlichen Gefahren in den Schatten lauerten. Sie wusste nicht, wie recht ihr Großvater hatte.

Sie war nie nachts hier draußen gewesen. Oder überhaupt alleine draußen.

Der Hund lief neben ihnen her.

Und dann spuckten die Schatten ganz plötzlich eine Gestalt aus, die vor ihnen auf die Straße taumelte: einen Betrunkenen. »Hey … hey!«, lallte er. »Was … sucht denn so eine junge Dame um die… diese Zeit auf der Straße?« Er kam direkt vor ihnen zum Stehen und dann schnellte sein Arm plötzlich vor und packte den weißen Kragen von Ximenas Nachthemd. »Was … sucht sie, hmmm?«

»Lass sie los!«, fauchte Pablo. »Hau ab!« Aber der Betrunkene, der ein ganzes Stück größer war als Pablo, lachte nur, wobei man seine fauligen Zähne sah. »Na? Ein kleiner Kavalier, hm? Hey, du bist doch der Junge, der auf dem Turm dieser Bruchbude schläft, was? Ein

Turm auf einem Müllplatz voller Schlingpflanzen? Was machst du denn mit … so einer feinen kleinen Dame?«

Pablo sah es vor sich: Wie er seinen silbernen Degen aus der Scheide holte. Wie er ihn durch die Luft sausen ließ und dem Betrunkenen ein Stück seines ungepflegten Bartes absäbelte. Wie er pfiff und ein feuriger Rappe angeschossen kam, auf den er Ximena hinaufhob, sein Rappe, wie er den Hut lüftete, einen breitkrempigen Stohhut mit einer Blume daran – und mit Ximena in die Nacht davongaloppierte. Ein echter Abenteurer.

Der Betrunkene ließ Ximena los und taumelte rückwärts. »Ist ja gut, schon gut«, stotterte er beschwichtigend. »Brauchst mich nicht gleich umzubringen …«

Erstaunt schüttelte Pablo sich. Dann sah er, dass der Betrunkene nicht mit ihm gesprochen hatte, sondern mit dem Hund. Der hatte sich ganz nah zu Ximena gestellt und die Zähne gebleckt. Er reichte ihr bis zur Brust und er sah wirklich Furcht einflößend aus mit seinem Wolfsgebiss.

Ximena legte ihm eine blasse Hand auf den graufelligen Kopf.

»Wenn Sie wirklich wissen wollen, was ich suche«, sagte sie sanft. »Es ist ein Student, der verschwunden ist. Ein Freund meines Freundes. Miguel.«

»Verschwunden?«, echote der Betrunkene. »Oh, meine Kleine, wenn jemand verschwindet, davon sollte man die

Finger lassen, glaub mir, niemand hat je einen Verschwundenen zurückgebracht. Wer verschwindet, verschwindet einfach, so ist das, leg dich bloß mit keinem an, das ist ein Fall für …«

»… die Polizei?«, flüsterte Ximena ehrfürchtig.

»Die … die … die Akten«, lallte der Betrunkene. »Aufschreiben, abheften, in den Schrank stellen – vergessen. Da kann man sowieso nichts machen.«

»Für einen Privatdetektiv kommt das nicht infrage«, sagte Ximena entschlossen. »Wir schwören, unseren Ort zu be…«

»Oh, wenn du ein Privatdetektiv wärst, würdest du genauso die Finger davon lassen«, antwortete der Betrunkene. »Dann wüsstest du, dass du am Ende auch nur verschwinden würdest. Da ist ein … ein schwarzes Loch da draußen, das … das saugt die Leute auf, die … die zu viel ändern wollen, glaub mir, junge Dame, Studenten sind immer gefährdet, sie denken zu viel, ja, denken viel zu viel …«

»Oh, ich denke nicht, dass wir auch verschwinden werden«, sagte Ximena ganz ruhig, ohne die Hand vom Kopf des Hundes zu nehmen. »Wenn sie uns jetzt bitte durchlassen würden? Wir haben zu tun.«

Damit schritt sie, hocherhobenen Hauptes, an dem Betrunkenen vorbei, den Hund an ihrer Seite, und Pablo beeilte sich, mit ihr Schritt zu halten.

»Privatdetektiv?«, fragte er, als der Betrunkene außer Hörweite war.

»Ja, das sind wir jetzt doch, oder nicht?«, fragte Ximena und wandte sich ihm zu und das Lodern in ihren Augen passte gar nicht zu ihrem lieblichen Äußeren.

»Ich … äh … dachte, wir sind zwei Kinder, die einen Studenten suchen«, sagte Pablo nüchtern. »Und ganz ehrlich, ich suche ihn, weil er mir jede Woche ein Sandwich kauft.«

»Du suchst ihn, weil er dein Freund ist«, sagte Ximena. »Und wir sind die … die Furchtlosen Drei vom Rio Negro. Die … ersten und einzigen Amazonas-Detektive. Und wir versprechen einander, nie, niemals zu verschwinden.«

»Okay«, sagte Pablo zweifelnd.

Ximena reichte ihm feierlich ihre blasse Hand und die Berührung ihrer kühlen Finger jagte einen kleinen Schauer über seinen Rücken.

»Komm jetzt«, flüsterte sie. »Wir wollten zum Theaterplatz! Mit deinen Bekannten sprechen. Mal sehen, was die wissen.« Sie gingen weiter, leise, im Nachtschatten der Häuser, und Ximena wisperte aufgeregt: »Es ist wunderbar, weißt du? Wunderbar, hier draußen zu sein. Und endlich, endlich ein Abenteuer zu erleben. Danke.«

Pablo nickte nur.

Er erzählte ihr nichts von den Banditen, die man hier draußen traf, nichts von den Kinderbanden der Straße, die nachts ihre Kämpfe austrugen, nichts von Schießereien und zwielichtigen Geschäften im Schutz der Nacht. Für Ximena war alles nur ein Spiel.

Sie schwebte in ihrem weißen Nachthemd, mit ihrem offenen Haar neben ihm durch die Dunkelheit wie ein Engel aus einer anderen Welt, und wenn er den Engel heil nach Hause brachte, hatte er gewonnen. Danach würde er auf eigene Faust weiter nach Miguel suchen.

Auf gar keinen Fall würde er den Engel in Gefahr bringen.

Und auf allergarkeinsten Fall eine Detektiv-Agentur mit ihm zusammen gründen.

»Die Furchtlosen Drei vom Rio Negro«, murmelte er vor sich hin. »Das klingt … das klingt …« Er wollte »kindisch« sagen. Aber stattdessen hörte er sich sagen: »Das klingt ziemlich gut.«

DRITTES KAPITEL,

in welchem ein Geiger ohne Orchester, ein blinder Opernsänger, die mutige Maria und ein Reisender vorkommen, der nicht mehr reist

Nacht in Manaus: Ratten und Katzen huschten durch die Schwärze, Menschen schliefen auf dem Boden, ein Liebespärchen drückte sich eng umschlugen an eine Mauer.

Aber dann wurde es heller in den Straßen und Pablo und Ximena kamen ins Zentrum, wo Licht aus den Bars schien, wo Musik die Luft füllte, wo Trauben junger Leute vor den Eingängen der Tanzschuppen standen: Studenten vielleicht wie Miguel. Hatte auch er hier mit seinen Freunden herumgestanden? Getrunken? Getanzt? Aber was war dann geschehen?

Hatte der schadhafte Asphalt sich aufgetan und sie einfach verschluckt?

Wie verschwinden Menschen?

Ximena nahm die bunte Nachtwelt mit großen Augen in sich auf.

»Man kann sogar jetzt nachts was zu essen kaufen,

schau!«, sagte sie. »Da sind die Wagen der Tortilla-Sandwich-Verkäufer! Sie fahren auch nachts herum?«

»Klar«, sagte Pablo. »Hast du Hunger?«

Ximena nickte. Sie griff unter ihr Nachthemd und Pablo sah erstaunt, wie sie eine kleine Umhängetasche darunter hervorangelte. Sie musste diesen Ausflug geplant haben. Warum zum Teufel hatte sie sich dann nicht etwas anderes angezogen?

Ximena reckte sich auf die Zehenspitzen und reichte dem Verkäufer hinter seinem Wägelchen einen Schein. Der Verkäufer sah den Engel und lächelte.

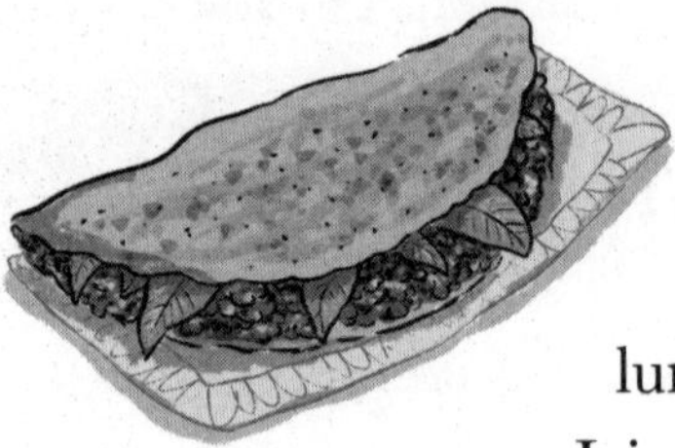

»Eine Tortilla für die junge Dame, bitte sehr … Wenn ich fragen darf, kommen Sie gerade aus dem Theater? Gab es dort eine Vorstellung mit Elfen oder Feen?«

»Jaja«, sagte Ximena nur und dann teilten sie die Tortilla, auch mit dem Hund, während sie weitergingen. »Das ist vermutlich das Beste, was ich je gegessen habe«, sagte Ximena zufrieden. »Im Silberhaus gibt es dreigängige Menüs, die man mit verschiedenen Arten von Messern und Gabeln essen muss. Es gibt nichts Öderes, als mit einem alten Mann am Tisch zu sitzen, der die ganze Zeit nur vor sich hin denkt und schweigt.«

Sie wischte die schmierigen Finger an ihrem Nachthemd ab, was interessante Streifen hinterließ.

»Da vorne ist das Theater, siehst du? Wir sind fast da!«

Pablo nickte. Die glänzende, angeleuchtete Kuppel ragte golden in den dunklen Himmel und erzählte vom Reichtum vergangener Zeiten.

Und dann – dann waren sie auf dem quadratischen Platz neben dem Theater, auf dem sich das ganze Leben der Nacht entfaltete.

Jongleure jonglierten, ein Geiger geigte, jemand hatte unter einem der Bäume eine kleine Leinwand aufgestellt und zeigte in einer Ecke irgendeinen alten Film. Verkäufer schoben ihre Wägelchen herum. Jeder versuchte, mit irgendetwas Geld zu verdienen, bis tief in die Nacht hinein.

Um den Platz herum standen die Stühle von vier Cafés in der warmen Nacht, dort saßen die Touristen. Bettler bewegten sich wie Schatten zwischen den Stühlen hindurch.

»Wenn sie einen guten Tag draußen im Urwald hatten, sind sie spendabel«, sagte Pablo und grinste. »Wenn sie rosa Delfine gesehen haben, gibt es drei Münzen. Bei Brüllaffen vier. Und wenn sie die Spuren eines Jaguars entdeckt haben, geben sie fünf.«

»Der Urwald«, wiederholte Ximena, fast ehrfürchtig. »Warst du schon mal da?«

»Noch nicht«, sagte Pablo ernst. »Aber ich werde hingehen.«

»Ich auch«, sagte Ximena. »Ich meine, das ist doch

verrückt, er ist überall um die Stadt herum, aber ich habe ihn nie gesehen! Manchmal, weißt du, das ist komisch … Manchmal träume ich davon. Ich träume davon, wie ich auf dem Rücken liege und in die hohen Bäume hinaufsehe. Ich sehe sie ganz klar, jedes einzelne Blatt, und die Blätter sind riesig … es ist warm und ich höre die Mücken und jemand singt ein Lied in meinem Traum, immer dasselbe Lied, aber ich verstehe die Worte nicht. Es ist eine Frauenstimme, die singt, weich und schön …« Sie schüttelte den Kopf. »Komisch, was? Als wäre es eine Erinnerung. Aber es ist natürlich bloß ein Traum.«

»Komm«, sagte Pablo und zog sie auf den Platz. »Das da vorne ist Senhor Vargas. Den fragen wir.«

Sie blieben vor dem Geiger stehen, der seiner Geige mit geschlossenen Augen wunderbare Töne entlockte. Die Geige weinte, schluchzte und tröstete sich dann selbst mit einer atemberaubend schönen Melodie wie ein Wasserfall, im Hintergrund spielte ein ganzes Orchester und trug ihre Töne: ein Orchester, das nur dazu da war, diese wundervolle Geige zu begleiten.

Dann verstummte das Orchester mit einem kratzenden Geräusch und der Geiger öffnete die Augen und sagte: »Mist, schon wieder hinüber, das Ding.«

Er beugte sich zu dem Transistorradio hinab, aus dem das Orchester gekommen war, doch es ließ sich nicht mehr zum Leben erwecken.

Pablo klatschte und Ximena klatschte mit ihm, aber die anderen Leute, die zugehört hatten, gingen einfach weiter. »Das war sehr schön«, sagte Ximena. »Warum spielen sie nicht dadrinnen? Im Theater?«

Senhor Vargas lachte leise. Er war ein kleiner, hagerer Mann in einem fadenscheinigen schwarzen Anzug und auch seine rote Fliege hatte bessere Zeiten gesehen. »Oh, ich habe dort gespielt, junge Dame«, sagte er. »Ich habe. Es gab eine Zeit, da kannte jeder in Manaus Senhor Vargas, er war der Beste, die erste Geige im Orchester, er war ein Stern am Himmel von Manaus … Aber das ist lange her.« Er seufzte. »Ich war eine Weile weg, und als ich zurückkam, hatten sie mich ersetzt. Die erste Geige ist jetzt eine hübsche junge Frau aus der Familie des Bürgermeisters.«

»Wir wollten eigentlich fragen«, sagte Pablo, »ob Sie von den Studenten gehört haben, die verschwunden sind. Miguel, ein Bekannter von mir, hat mir eine Botschaft geschickt. Und die Leute sagen, da war eine ganze Gruppe von Studenten?«

Senhor Vargas ließ seinen Geigenbogen fallen. Als er ihn wieder aufhob, zitterte der Bogen leicht in seiner Hand. »Oh, verschwundene Studenten? Keine Ahnung«, sagte er. »Nein, wirklich, davon habe ich noch nichts gehört. Bist du sicher, dass sie nicht nur eine Reise machen? Studenten machen Reisen.«

»Sie haben doch was gehört«, sagte Ximena, trat näher zu Senhor Vargas und sah ihm direkt ins Gesicht. Ihre blauen Augen suchten in diesem Gesicht nach der Wahrheit und Senhor Vargas wagte es nicht, ihrem Blick auszuweichen. Pablo sah es.

»Ich … ich habe nur gehört, dass es da eine Gruppe von Studenten gab, die in einem Bus aus der Stadt weggefahren sind«, sagte er schließlich leise. »Das ist ja nichts Besonderes.«

»Warum haben Sie es dann gehört? Und von wem?«

»Von … von … von einer Mutter von einem der Studenten«, murmelte Senhor Vargas. »Sie putzt im Theater. Sie hat gesagt, der Bus würde in den Urwald fahren. Sicher eine Studienreise, aber dass sie sich Sorgen machen würde. Ich weiß nicht, warum …«

»Und der Bus … ist nicht wiedergekommen?«, fragte Pablo.

Der Hund neben ihm japste.

»Doch«, sagte Senhor Vargas. »Der Bus schon. Ein großer roter Reisebus, einige Leute haben ihn gesehen in der Stadt.«

»Und was sagt der Busfahrer? Wo sind die Studenten geblieben?«

»Ach, was weiß ich, vielleicht sind sie ausgestiegen und zu Fuß weitergegangen.« Senhor Vargas bückte sich und begann, an seinem Transistorradio herumzufummeln.

»Wer weiß, wohin die wollten. Das weiß man bei Studenten doch nie, ein verrücktes Volk, alle miteinander. Schwingen große Reden und wollen die Welt ändern und haben keine Ahnung von der Wirklichkeit. So, und jetzt muss ich mich darum kümmern, mein Orchester hier zu reparieren.«

»Aber wenn sie zu Fuß weitergegangen sind, wohin sind sie gegangen?«, fragte Ximena. »Wohin wollten sie?«

Doch Senhor Vargas schien sie nicht zu hören. Er war ganz mit dem Radio beschäftigt und schließlich zog Pablo Ximena weiter.

»Wenn einer nichts sagen will, will er nichts sagen, so ist das«, meinte er. »Komm.«

Vom anderen Ende des Platzes ertönte auch Musik, dort stand ein großer, kantiger Mann mit einem breitkrempigen Strohhut, einem langen weißen Pferdeschwanz und riesigen Händen, mit denen er in der Luft gestikulierte, während er sang. Er sang ein Stück einer Oper und auch ihn begleitete ein Orchester,

das aus einem kleinen Lautsprecher drang, den er an ein Telefon angeschlossen hatte.

Der Mann sang mit geschlossenen Augen. Er hatte eine Adlernase und braune wettergegerbte Haut. Er trug ein einfaches, etwas angegrautes Leinenhemd und Jeans. Er war barfuß. »Das ist ein Indio«, sagte Ximena. »Ein Indio, der eine Oper singt? Und er ist so groß! Unsere Wäscherin, unser Gärtner, die Frau, die putzt … die sind alle irgendwie klein und rund.«

Pablo lachte. Es klang, als spräche sie von Murmeln.

»Das ist Tom Weißfeder«, sagte er. »Er kommt aus dem Norden und er hat einmal an der Oper in New York gesungen. Dann haben sie ihn für einen Gastauftritt im Theater Manaus engagiert und er hat eine Reise in den Urwald gemacht, wie viele, die herkommen – und ist dann Jahre später wieder hier aufgetaucht, ohne einen Centavo in der Tasche und völlig abgerissen. Seitdem singt er auf dem Platz. Keiner weiß, was er im Wald getan hat, die fünf Jahre lang. Tom? Hey, Tom, hör doch mal zu!«

Doch Tom sang weiter, mit großen Gesten.

»O mia patria, sì bella e perduta … O membranza, sì cara e fatal«, sang er.

»Das kenne ich«, sagte Ximena. »Das ist der Gefangenenchor aus Nabucco, von Verdi. Oh, meine Heimat, so schön und verloren …«

Tom Weißfeder warf sich in die letzten Takte der Musik. Seine Stimme stieg tief und klar zum Sternenhimmel empor und dann tropften die letzten Töne aus dem Lautsprecher und Tom öffnete die Augen. Doch seine Augen blickten an Pablo und Ximena vorbei.

»Er ist blind«, flüsterte Pablo.

»Du musst nicht flüstern, Pablo«, sagte Tom und lachte. »Ich weiß, dass ich blind bin. Wen hast du mitgebracht?«

»Das … das ist Ximena«, murmelte Pablo etwas betreten und sah zu, wie Tom mit seinen Riesenhänden vorsichtig Ximenas Gesicht betastete. »Was für ein hübsches Mädchen«, sagte er. »Und so entschlossen!«

»Das kannst du fühlen?«, fragte Pablo erstaunt.

Tom lachte. »Ihr wollt etwas wissen. Das fühle ich auch.«

Pablo seufzte. »Ja. Miguel ist verschwunden. Du kennst ihn, den Studenten, er hat dir oft zugehört, saß hier auf einer Bank … Da war eine ganze Gruppe von Studenten. Sie sind mit einem roten Reisebus in den Urwald gefahren und sie sind nicht wiedergekommen. Nur der Bus.«

»Ja«, sagte Tom, auf einmal sehr leise, und rückte seinen Hut zurecht. »Das war nicht der Plan. Aber wann läuft schon mal etwas nach Plan? Miguel war ein guter Junge. Er hat es mir erzählt. Wo sie hinwollen. Was sie vorhaben. Ich habe ihm gesagt, es wird schiefgehen. Und dass er es trotzdem tun soll, weil es gut ist.«

»Was denn? Was wollten sie tun?«, fragte Ximena.

Tom ließ sich auf die Steinbank sinken, die hinter ihm stand, und stützte den Kopf in die Hände. »Es war ein schöner Fluss«, sagte er, noch leiser. »So schön. Ganz klar. Und die Fische. Es ist lange her … damals konnte ich noch sehen … Jetzt ist es besser, nichts zu sehen. Die Zerstörung. All die kleinen Tode, die die Fische sterben. Und die Bäume. Größere Tode, natürlich. Riesige. Sie reißen alles mit sich … Aber wir brauchen Strom, sagen sie, womit lädst du dein Telefon, Tom Weißfeder, in dem das Orchester lebt? Womit lädst du die Batterien des Lautsprechers? All die kleinen und großen Tode.« Er seufzte. »Wenn sie fertig sind da draußen, gibt es nur noch einen großen Friedhof«, wisperte er. Dann hob er plötzlich den Kopf und sah sie an, obwohl er doch nichts sehen konnte.

»Geht«, sagte er. »Fragt nicht nach eurem Freund Miguel und den anderen. Fragt besser nicht. Zu gefährlich. Wer zu viel fragt, bekommt einen der Tode ab. Einen kleinen in eurem Fall. Ihr seid noch so jung.«

Ximena zupfte Pablo am Ärmel. »Ist er … besoffen?«, flüsterte sie.

»Nein«, wisperte Pablo. »Er ist Poet. Das ist fast das Gleiche. Wenn er keine Opern singt, sitzt er hier und schreibt Gedichte auf alte Papierschnipsel. Komm.«

»Aber …«

»Dumme Jungs«, sagte jemand von unten herauf und Pablo drehte sich um. Ein Bettler in einem alten Rollstuhl war herangerollt, es war tatsächlich ein Stuhl auf Rollen oder vielmehr ein alter Korbsessel. »Dumme Jungs, alle miteinander, dein Miguel und seine Freunde«, schnaubte der Bettler, ein alter Mann mit schütterem grauem Haar und hellgrauen Augen. »Aber wir waren wie sie, was, Tom? Dumme Jungs. Wollten die Welt ändern. Sieh dir an, was aus uns geworden ist.«

»Wer ist das?«, wisperte Ximena.

Pablo zuckte mit den Schultern. »Wir nennen ihn den Reisenden. Aber seine Reisen macht er nur noch mit dem Rollstuhl und hält die Hand auf. Keiner weiß, woher er stammt, er redet nicht darüber. Irgendwo aus Europa.«

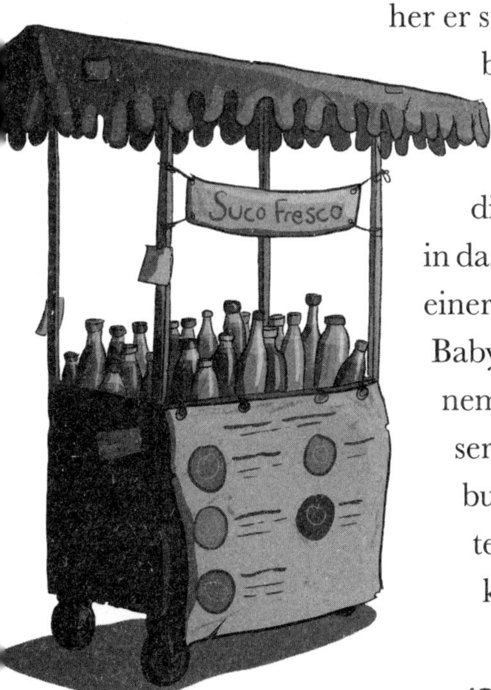

»Himmel!«, rief eine Frau, und als Pablo sich diesmal umdrehte, blickte er in das breite, freundliche Gesicht einer Frau, auf deren Arm ein Baby schlief. Sie stand hinter einem kleinen Wagen voller Gläser und Plastikflaschen mit buntem Inhalt. »Maria«, sagte Pablo. »Die beste Saftverkäuferin von Manaus.« Zu

Marias Füßen lagen in einer Holzkiste, die sie an den Saftwagen geschraubt hatte, zwei weitere kleine Kinder, zwei oder drei Jahre alt, und schliefen unter einer bunten Decke. Eine Handvoll etwas größerer Kinder tobten um sie herum, nachtwach wie Eulen. Sie jagten sich und kicherten.

»Ich kann mir nie merken, wie viele Kinder sie hat und wie sie heißen«, flüsterte Pablo. »Was meintest du mit Himmel, Maria?«

»Ich meinte: Himmel noch mal, warum reden die Männer alle um den heißen Brei?«, sagte Maria. »Ihr Angsthasen! Ihr Duckmäuser!« Sie strafte den Reisenden im Rollstuhl, Tom Weißfeder und den Geiger mit verächtlichen Blicken. »Diese Kinder haben eine einfache Frage gestellt und verdienen eine Antwort. Und Miguel verdient es, dass jemand endlich losgeht und versucht, ihn zurückzuholen.«

Sie musterte Ximena kritisch. »Auch wenn der eine Jemand ein Nachthemd trägt und der andere so ein Nichtsnutz ist wie Pablo.« Sie kam um ihren Wagen herum und tätschelte Pablo liebevoll den Kopf, wodurch seine Schiebermütze leider verrutschte und vielleicht nicht mehr ganz so lässig aussah. »Hört gut zu«, sagte Maria und jetzt sprach sie ganz leise. »Miguel und seine Freunde sind in den Wald gefahren, um gegen den neuen Staudamm zu demonstrieren, den sie im Regenwald bauen wollen. Er hat es mir erzählt. Und der Staudamm war auch in der Zeitung. Als wunderbares Projekt, das uns viel Strom bringt und Arbeitsplätze schafft. Aber um den Staudamm zu bauen, müssen sie ein Riesengebiet fluten. Ade, Urwald. Manche Leute murmeln, es würde sich nicht mal lohnen, diesen Staudamm zu bauen, weil die Hälfte des Jahres über gar nicht genug Wasser in den Flüssen ist. Aber jemand verdient wohl viel Geld daran, das Ding zu bauen. Jemand, der Macht und Einfluss hat. Sie sind demonstrieren gegangen, dein Freund und seine Leute. Gegen den Staudamm. Sie wollten den Urwald retten. Und jetzt sitzen sie irgendwo fest, weil das jemandem nicht gefallen hat.« Sie nickte. »Geht los und sucht sie. Die Erwachsenen haben alle zu viel Angst. Aber ihr seid mutig, richtig?«

»Natürlich«, sagte Ximena. »Wir sind die Furchtlosen Drei vom Rio Negro. Die Amazonas-Detektive.«

»Ja, zum Amazonas werdet ihr wohl hinausmüssen, um eine Spur zu finden«, sagte Maria und nickte. »Und der Amazonas ist nicht ohne.«

»Wer, der Fluss oder der Wald?«, fragte Pablo. »Heißt doch beides Amazonas, was? Das hat mich immer schon durcheinandergebracht.«

Sie schnaubte. »Ich meine auch beides. Sie zerstören ihn, den ganzen Wald mit all seinen Flüssen nach und nach. Aber noch hat er Macht und er ist nicht immer freundlich zu Reisenden. Ihr werdet eine Menge Dinge brauchen. Hängematten. Proviant für viele Tage. Ausreichend Wasser. Medikamente. Moskitonetze. Morgen. Morgen könnt ihr aufbrechen. Jetzt solltet ihr schlafen.«

»Aber wohin müssen wir? Wohin genau?«

»Das erkläre ich euch morgen, wenn ihr ausgeschlafen seid«, sagte Maria. »Hier auf den Bänken schläft es sich gut. Es ist spät, seht ihr, die Leute packen ihre Sachen alle ein. Selbst die ängstlichen Männer mit ihren Geigen und Radios und Rollstühlen. Und ich werde meinen Kindern hier ein Lager machen, ich werde über ihren Schlaf wachen und über euren.« Sie lächelte. »Dann können wir morgen früh weiterreden.«

»Aber Ximena muss zurück ins Silberhaus«, sagte Pablo. »Ich werde alleine in den Amazonas gehen.«

»O nein, das wirst du nicht«, sagte Ximena, kletterte auf eine der steinernen Bänke und rollte sich gähnend zusammen wie eine Katze. Eine Katze in einem weißen Nachthemd. Pablo schob ihr seine bunte Umhängetasche hin, als Kopfkissen, und sie lächelte dankbar.

»Aber … wird dein Großvater nicht die ganze Stadt auf den Kopf stellen, um dich zu finden, wenn du am Morgen nicht in deinem Bett bist? Er wird dich hier finden!«, sagte Pablo.

»Nicht wenn wir früh genug aufstehen«, murmelte Ximena und schloss die Augen.

Pablo träumte von einem riesigen See mit glänzender Oberfläche und mitten auf dem See saß Miguel ganz allein in einem Einbaum. »Viele kleine Tode«, sagte er und sah Pablo an. »Schau, du siehst sie überall.«

»Ich sehe nichts«, sagte Pablo in seinem Traum.

»Eben«, meinte Miguel. »Sie sind unter dem Wasser. Pablo, bitte hilf mir. Ich kann nicht mehr ans Ufer. Ich habe das Paddel verloren.«

»Aber ich kann nicht schwimmen!«, rief Pablo verzweifelt.

»Dann nimm die Hand des Engels, der bei dir ist, und flieg!«, sagte Miguel. »Flieg zu mir. Finde mich. Ich warte auf dich.« Aber als Pablo versuchte, sich vom Boden abzustoßen, sprang aus dem Wasser vor ihm ein Kaiman, ein großer grüner, besonders langer Kaiman. Er sprang direkt auf ihn zu und riss das scharfzahnige Maul auf. Und er spürte die Zunge des Kaimans auf seinem Gesicht und wusste, dass sein Ende gekommen war.

Der Urwald war zu gefährlich. Sie hatten alle recht gehabt.

VIERTES KAPITEL,

in welchem die Amazonas-Detektive ein Gespräch hinter einem roten Vorhang belauschen und der Hund Kaffee trinkt

»Pablo? Pablo! Guck nicht so entsetzt, es ist nur der Hund, kein Monster!«

Pablo blinzelte. Und blickte in Ximenas Gesicht, das irgendwo über ihm schwebte. Der Hund, der offenbar Pablos Gesicht abgeleckt hatte, zog sich eben zurück.

»Ich … ich dachte, du wärst ein Kaiman«, murmelte Pablo und wischte sich Hundespucke von der Wange. »Wo ist Maria? Sie wollte uns erzählen, wo genau die Studenten …« Er sah sich um.

Es war später Morgen, die Sonne hing goldgelb über den Bäumen am Platz und der Platz selbst war leer gefegt. Nur hier und da eilten an seinem Rand Menschen vorbei.

»Weg«, sagte Ximena. »Maria ist weg. Samt all ihrer Kinder.«

Ihre blauen Augen sahen ernst aus.

»Na ja, sie … sie ist wahrscheinlich nach Hause gegangen, um neuen Saft zu machen, den sie dann verkaufen kann«, sagte Pablo, aber er hatte ein komisches Gefühl.

Denn der Wagen mit den halb vollen Saftflaschen stand noch auf dem Platz: ein seltsames Relikt, eine Spur, die nirgendwohin führte.

»Du glaubst doch nicht im Ernst, jemand hat Maria mitgenommen, nur weil sie mit uns geredet hat?«, flüsterte Pablo.

»Nein. Das ist Unsinn. Dann hätte der Jemand auch gleich uns mitnehmen können.«

»Vielleicht ist sie einfach nur … etwas eilig aufgebrochen«, sagte Ximena. »Weil sie vor etwas oder jemandem Angst hatte. Ich glaube, sie ist noch nicht lange weg. Ich bin eben erst aufgewacht und ich dachte, ich hätte noch die Stimmen von einer ganzen Menge kleiner Kinder gehört, die versucht haben, sich zu beeilen … Als ich richtig wach war, war niemand mehr da. Außer … denen da!«

Sie nickte hinüber zum Rand des Platzes, wo neben

einer schwarzen Kutsche zwei Männer standen und diskutierten. Gut angezogene Männer, Männer in schönen, schlichten hellen Anzügen und weißen Hemden. Sie mussten eben aus der Kutsche gestiegen sein. Kautschukbarone, die irgendwo außerhalb der Stadt auf riesigen Haciendas lebten und Tausende Sklaven zum Kautschuksammeln in den Wald schickten. Pablo rieb sich die Augen und wurde wirklich wach. Nein. Die Kutsche war ein historisches Ausstellungsstück und die Männer standen nur daneben, weil man sich dort gut anlehnen konnte.

Sie sahen einmal kurz zu Pablo und Ximena hinüber, dann diskutierten sie weiter und einer zeigte zum Theater mit seinen verschnörkelten goldenen Verzierungen.

»Wenn ich Pech habe, kennt einer von denen meinen Großvater«, sagte Ximena. »Und sie haben ihn längst angerufen, um ihm Bescheid zu geben, dass ich hier bin.«

»Ist er so ein Leute-Kenner?«, fragte Pablo.

»Die mit Geld, die kennen sich doch alle«, sagte Ximena. »Aber stimmt, eigentlich sagt er immer, er kann die anderen nicht leiden. Er geht nie zu irgendwelchen Partys oder Empfängen, er … He! Die gehen rein, guck! Ins Theater! Was wollen die da? Es ist keine Vorstellung um diese Zeit. Und Touristen sind sie auch nicht. Das ist … das ist komisch, findest du nicht?«

»Ich wollte immer schon mal rein«, murmelte Pablo.

»Na, dann los«, sagte Ximena.

Die beiden Männer waren im schattigen Seiteneingang des Theaters verschwunden und drei Minuten später zwängten sich auch Pablo und Ximena durch die schwere Schwingtür. Drinnen war es kühl und ein Geruch nach Vergangenheit und Putzmittel lag über dem Raum. Die Bodenfliesen glänzten, man konnte sich darin spiegeln und alle Wände waren mit goldenem Stuck dekoriert.

An der Theaterkasse saß eine rotmundige junge Dame hinter ihrem Glasfenster, lackierte ihre Nägel und wartete auf Menschen, die Karten für den Abend kaufen wollten.

»Da!«, wisperte Ximena und zeigte die Treppe hinauf, die mit rotem Plüschteppich ausgelegt war. Tatsächlich, weiter oben unterhielt sich jemand.

Sie duckten sich, huschten unter dem Glasfenster der Kartendame vorbei und die Stufen hinauf, lautlos wie zwei Mäuse.

Oben kamen sie in einem leicht gekrümmten, sehr breiten Gang heraus. Natürlich, das Theater war rund und dieser Gang lief wohl einmal ganz darum herum. In dem Gang standen auf einem schwarzen Kasten vier alte Scheinwerfer, ein Ausstellungsstück für Touristen. Ximena zeigte nach rechts, wo lauter reich verzierte Türen nebeneinanderlagen.

»Da geht es zu den Logen«, wisperte sie. »Wo die wichtigen Leute sitzen, wenn sie ins Theater gehen. Mein Großvater hat auch eine.«

»Das heißt … du hast hier schon Stücke gesehen?«, flüsterte Pablo fasziniert. Ximena legte den Finger auf den Mund und nickte. »Ööööde«, wisperte sie. »Die Leute gehen sowieso nur hin, damit man sie sieht.« Dann lauschte sie und Pablo lauschte ebenfalls. Die Stimmen der Männer kamen aus einer der Logen. Sie schlichen bis zu der Tür dieser Loge, die nur angelehnt war. Dahinter bedeckte zusätzlich ein dunkelroter Vorhang die Türöffnung. Ximena schob ihn ganz vorsichtig ein Stück zur Seite. Und da saßen sie – die beiden Männer in ihren hellen Anzügen, da saßen sie bequem auf zwei gepolsterten Theaterstühlen und sahen auf den Saal und zur Bühne hinab, die jetzt hinter einem weiteren Vorhang verborgen lag.

Die Welt, dachte Pablo, besteht aus Vorhängen, jeder verbirgt eine andere Wahrheit.

Da war der Vorhang des Waldes, der die Stadt umgab und hinter dem seltsame Dinge geschahen und Menschen verschwanden.

Da war der Vorhang von Ximenas Erinnerung, dem Lied der Frau, das sie träumte, die Frage, wo ihre Eltern geblieben waren.

Und da war der Vorhang von Miguels Reise, von der er nie zurückgekommen war.

Die Männer in der Loge lachten, gelöst und fröhlich.

»Schauen Sie es sich an«, sagte der eine. »All dieser Prunk. Früher saßen die Kautschukbarone hier. Heute, ich sag es Ihnen, sind es die Energiebarone. Die Wasserbarone, wie klingt das?«

Wieder Lachen. »Wie aus einem Kinderbuch«, sagte der zweite Mann. Er war ein bisschen größer als der erste und auch etwas schlanker. »Wenn wir das Ding durchhaben, werde ich also eine Loge hier haben?«, fragte er.

»Aber natürlich«, antwortete der erste Mann, »versprochen ist versprochen.«

»Und ich werde meine Frau ins Theater führen und meine drei Töchter, alle in extra geschneiderten Kleidern«, sagte der erste Mann und lachte schon wieder. Etwas stimmte nicht ganz mit seiner Stimme … Und dann hatte Pablo es. Der Mann hatte einen Akzent. Er sprach gutes Portugiesisch, aber Portugiesisch war nicht seine Muttersprache.

»Sie spielen mit dem Gedanken hierherzuziehen?«, fragte der kleinere, breitere, der ohne Akzent.

»Nicht permanent. Für ein paar Wochen hier und da – ein Ferienhaus, Sie verstehen. Ich habe da draußen eine Villa in Aussicht, historisch, aber sie muss noch restauriert werden. Schön für die Mädchen. All diese Natur.

Und meine Frau liebt Blumen. Es gibt doch sicher eine Menge Blumen im Urwald.«

»Blumen, hm«, sagte der andere. »Ähm, eigentlich … eher Bäume. Sie blühen natürlich bisweilen, aber die Blüten sind ganz oben, sie verstehen, wo das Licht ist. Da kommt man schlecht hin … Aber das macht ja nichts!« Er lachte schon wieder. »Macht gar nichts! Man kann die Bäume ja beseitigen und Blumen pflanzen. Einen wunderschönen Blumengarten hinter Ihrer Villa, Blumen, so weit das Auge reicht, Sie werden genug Leute finden, die sich um die Blumen kümmern, die Indios sind zwar im Grunde alle dumm, aber wenn man sie mit ein wenig Strenge erzieht, können sie gute Arbeiter werden. Man darf nicht zu sanft mit ihnen umgehen.«

Er seufzte. »Einen Teil des Geldes, das Sie mir freundlicherweise zur Verfügung stellen, werde ich dazu verwenden, das alte Theater ein wenig zu verbessern. Für unser Volk. Ich bin ein großzügiger Mensch.« Er räusperte sich. »Ich fände es zum Beispiel schön, wenn die Logen kleine Kühlschränke hätten, um Drinks bereitzustellen. Und es sollte hier oben eine Klimaanlage für die Logengäste geben. Mir ist ständig zu heiß. Aber man muss ja hingehen, nicht wahr, um gesehen zu werden, sonst vergessen die Menschen noch, wer ihr Bürgermeister ist!«

»Klimaanlage … warum nicht«, sagte der erste Mann. »Den Strom haben Sie dann ja.«

Sie lachten beide wieder und dann sagte der rundlichere Mann plötzlich: »Was machen wir mit den Kindern? Den beiden da unten?«

Pablo zuckte zusammen und fasste Ximena am Arm.

»Sie versuchen, Dinge herauszufinden. Irgendwie ist es ja fast niedlich. Sie spielen Detektiv. Ein Glück, dass ich meine Informanten habe, die solche Dinge zuverlässig und rasch an mich weitermelden …«

»Was wir mit ihnen machen sollen? Gar nichts«, sagte der dünne Mann. »Es sind Kinder! Sie werden wohl kaum das nächste Schiff zum Rio Demini nehmen und uns in die Suppe spucken.«

»Sie suchen ihren Freund. Einen der Studenten. Kinder können sehr hartnäckig sein. Eins von ihnen können wir ziemlich leicht beseitigen. Der Junge lebt auf der Straße. Kein Ding, wenn er verschwindet. Das andere ist ein Mädchen aus gutem Haus. Das ist schwieriger.«

»Ach was. Ich denke nicht, dass eine Gefahr von ihnen ausgeht. Was im Übrigen tun wir mit den Studenten? Wir können sie nicht ewig da unten sitzen lassen.«

»Nicht?«, fragte der rundere Mann und lachte wieder leise. »Hm. Nein. Wir sollten eine Lösung finden. Unangenehmes Thema. Es sind so viele. Einundzwanzig. Und sie hätten es fast geschafft, uns die Weltpresse auf den

Hals zu hetzen. Lauter Zeitungen, die böse Artikel über uns schreiben … ein Glück, dass wir das noch verhindern konnten, nicht wahr? Ich werde jemanden finden, der die Drecksarbeit macht, ich kümmere mich. Gute Leute sind leider meistens sehr beschäftigt.«

Er stand auf. »Aber zuerst kümmern wir uns jetzt um diesen Straßenjungen und seine kleine Freundin. Wir werden sie ganz höflich in meinen schönen Wagen einladen.

Dann fahren wir die Kleine zurück zu ihrem Großvater und den Jungen … nun ja, den nehmen wir noch ein Stückchen weiter mit. Sie wird ihn nie wiedersehen und dann vergessen. Sie hat genug anderes Spielzeug in ihrer silbernen Villa, ganz bestimmt.«

Pablo spürte, wie ihm eiskalt wurde.

Ximena zog ihn von der Tür weg, in den Flur, und hinter das einzige Ding, das dort stand: den schwarzen Kasten mit den alten Scheinwerfern. Sie kauerten dort, in einem Gewirr aus uralten Kabeln, das von den Scheinwerfern herunterhing, und Pablos Herz schlug wild in seiner Brust.

Er sah, dass Ximena die Fäuste geballt hatte.

Die beiden Männer schlenderten über den roten Teppichboden. Sie hatten es nicht eilig, klopften sich gegenseitig auf die Schulter und Pablo hörte den dünnen Mann sagen: »Und die Indios? Gehen die nicht auf die Barrikaden? Immerhin fluten wir zwei ihrer Dörfer. Das ist ein angeblich unkontaktiertes Volk, eines der letzten …«

»Eben. Wir haben sie nur aus der Luft gesehen, vom Flugzeug aus. Keiner weiß von ihnen. Also?« Er lachte schon wieder. »Also wird es auch keinem auffallen, wenn sie nicht mehr da sind.«

»Aber sie werden nicht einfach untergehen! Sie werden umziehen müssen und dann werden sie sich irgendwo beschweren …«

»Das wird man sehen«, sagte der rundliche Mann. »Moment. Was ist das?« Er drehte sich nach den Scheinwerfern um und sein Gesicht sah auf einmal sehr gelb aus. Pablo sah, wie Ximena eine Hand vor den Mund schlug. Offenbar war einer von ihnen an irgendeinen Knopf gekommen. Der alte gelbe Scheinwerfer war angesprungen.

»Hier ist Licht«, sagte der dünne Mann, etwas dümmlich. Auch er hatte sich umgedreht und ein anderer Scheinwerfer leuchtete sein Gesicht rosa an. Dann wechselte die Beleuchtung zu grün und blau.

»Das ist merkwürdig, sonst schalten nur die Fremdenführer die alten Schweinwerfer an, wenn sie Touristengruppen hier herumführen«, sagte der runde Mann und machte einen Schritt auf den Kasten zu. »Da ist ein Schalter hinten an diesem Kasten …«

Der dünne Mann sah sich nervös um und blinzelte. Gerade wurde seine Nase rot und dann orange. »Aber wer hat die Dinger angemacht?«, fragte er. »Ist jemand hier? Hat jemand uns belauscht?«

Die beiden Männer standen jetzt genau vor dem Kasten. Und dann gingen sie darum herum.

Diesmal war es Pablo, der Ximena um den Kasten zog. Die Männer standen wieder vor einer Seite, an der keine Kinder saßen. Sie gingen langsam und sorgfältig einmal um den Kasten herum und Pablo und Ximena rutschten genauso langsam und sorgfältig um den Kasten herum, immer so, dass die Männer sie nicht sahen.

Pablo hatte furchtbare Angst, aber zugleich machte sich ein Lachen in seiner Kehle breit, das unbedingt hinauswollte.

»Hier ist niemand«, sagte der runde Mann. »Jemand hat die Dinger angelassen und wir haben es vorhin nicht bemerkt. Gehen wir.«

Als ihre Schritte, gedämpft vom Teppich, auf der Treppe verklungen waren, atmete Ximena auf.

»Der Bürgermeister«, sagte sie. »Der runde Mann war der Bürgermeister. Er war zu Neujahr bei uns auf einem Empfang. Mein Großvater hasst Empfänge, aber zu Neujahr gibt er jedes Jahr einen, weil meine Großmutter das früher so gemacht hat. Ich mochte den Kerl schon damals nicht. Er hat mich in die Wange gekniffen und gesagt, ich sehe aus wie ein Engel.«

»Ähem«, sagte Pablo. »Du … du siehst natürlich überhaupt nicht aus wie ein Engel.«

»Und jetzt suchen sie da unten nach uns«, sagte Ximena. »Diese … diese …«

Offenbar war sie nicht gut im Fluchen. »Hundesöhne?«, schlug Pablo vor. Sie nickte begeistert.

»Weißt du, das ist etwas, was ich dringend lernen muss, wenn wir jetzt Detektive sind. Privatdetektive in Büchern trinken Whisky und benutzen derbe Flüche.

Hundesöhne.« Ximena lächelte engelhaft. »So ein schönes Wort. Oh, warte. Wo ist eigentlich der Hund?«

Sie sahen sich an. Sie hatten den Hund beide völlig vergessen.

»Heute Morgen war er noch da, aber seit dem Theater nicht mehr …«, murmelte Pablo.

Sie traten gemeinsam ans nächste Fenster und sahen hinunter auf den Platz, auf die Bäume, die Steinbänke, die verlassenen Caféstühle rings um den Platz. Alles war leer, nur ein paar Tauben flogen über das Pflaster. Und mitten auf dem Platz standen die beiden Männer in ihren cremefarbenen Anzügen und sahen sich um. Suchten zwei Kinder. Dann schüttelten sie die Köpfe und gingen davon, zu einem Wagen, der irgendwo wartete. »Die glauben, sie finden uns schon irgendwo«, knurrte Pablo. »Sie haben jemanden, der ihnen hilft. Es gibt einen Verräter unter meinen Freunden auf der Straße. Vielleicht hat der auch den Hund mitgenommen und irgendwo eingesperrt.«

»Schau mal, da«, sagte Ximena und zeigte auf eines der Cafés. Und da sah Pablo den Hund. Er saß auf einem Caféstuhl, gegenüber vom einzigen Morgengast des Cafés. Die beiden teilten sich ein Sandwich und einen Kaffee. Der Cafégast hatte etwas aus seiner Tasse für den Hund auf eine Untertasse gegossen.

»Das ist doch … das ist Tom Weißfeder«, flüsterte

Pablo. »Der muss ja gestern ganz gut verdient haben, wenn er sich ein Frühstück im Café leistet. Komm, vielleicht lädt er uns auch ein. Tom ist gewöhnlich großzügig.«

»Ja, wir brauchen ein Frühstück«, meinte Ximena und lief leichtfüßig voraus, die Treppe hinunter. »Denn wir haben heute noch etwas vor.« Sie machte ihre Stimme ganz tief und sagte: »Diese Kinder werden wohl kaum das nächste Schiff zum Rio Demini nehmen.«

Dann drehte sie sich zu Pablo um und Pablo grinste. »Dreimal darfst du raten, was wir jetzt tun.«

»Jetzt nehmen wir das nächste Schiff zum Rio Demini«, sagte Pablo und hielt sie kurz an ihrem weißen Nachthemdärmel fest. »Aber – Ximena. Kannst du einfach so wegbleiben? Von zu Hause? Der alte Silberbaron wird sich schreckliche Sorgen machen.«

»Ach, der ist froh, wenn ich weg bin, wetten?«, sagte Ximena. »Dann macht niemand Krach im Haus und singt und hüpft die Treppen hinunter. Dann kann er schön ungestört in einem Sessel sitzen und vor sich hin brüten.« Sie lachte.

»Aber – hast du keine Angst?«, fragte Pablo. »Willst du wirklich in einen Wald fahren, in dem so viele seltsame

Dinge passieren? Es gibt wilde Tiere und wilde Menschen offenbar auch und …«

»Wilde Pflanzen?«, fragte Ximena. »Ja. Ich weiß das. Aber wir sind die Furchtlosen Drei vom Rio Negro.«

»Und du hast nicht mal anständige Kleider!«, sagte Pablo.

»Der Hund hat auch keine anständigen Kleider«, sagte Ximena.

Pablo verdrehte die Augen. »Der Hund läuft nicht in einem weißen Nachthemd rum.«

»Ich kann es ausziehen.« Ximena zuckte mit den Schultern und griff nach dem Saum des Nachthemdes.

»Bloß nicht! Meinst du, nackt bist du weniger auffällig?« Pablo schüttelte den Kopf und Ximena lachte. »Ich habe doch Geld. Wir besorgen eben Kleider. Ich will solche Kleider wie du. Und ich will mein Haar nie wieder mit einer Seidenschleife zusammenbinden müssen.«

»Du willst kaputte Hosen und ein zerrissenes Hemd?«

»Und eine Mütze«, sagte Ximena. »Mit Schirm. Wie ein echter Detektiv. Damit mich niemand erkennt. Los, komm.«

FÜNFTES KAPITEL,

in dem die Furchtlosen Drei auf ein Schiff steigen und Pablo Ximena vor sich selbst rettet

»Ganz alleine? Auf ein Schiff?«, fragte Tom Weißfeder, lehnte sich in seinem Stuhl zurück und sah mit seinen leeren Augen ins Nichts. »Und dann in den Wald?«

Er hatte ihnen den Rest seines Sandwiches geschenkt und Pablo schluckte eine Tomate herunter und sagte: »Wir sind ja nicht allein. Wir sind zu dritt.«

»Wir sind die drei Furchtlosen vom Rio Negro«, sagte Ximena und wischte sich Soße aus dem Mundwinkel.

»Und wohin wird das Schiff fahren?«, fragte Tom Weißfeder.

»Zum Rio …«, begann Ximena, doch Pablo stieß sie unter dem Tisch an und sagte: »Flussabwärts.«

Das war falsch, denn zum Rio Demini ging es flussaufwärts. Pablo kannte die Flüsse auswendig, Miguel hatte sie ihm beigebracht und ihn immer wieder abgefragt. Jetzt ahnte Pablo, warum.

Das ist deine Heimat, hatte er immer wieder gesagt. Eine wunderbare Heimat. Das größte Regenwaldland der Erde. Du musst etwas darüber wissen. Sag mir noch einmal alle Flüsse, die in den Amazonas münden. In der richtigen Reihenfolge …

»Flussabwärts, ja?«, fragte Tom Weißfeder.

Pablo nickte. »Zum Rio Branco.« Denn es gab einen Verräter unter seinen Freunden von der Straße und ein wahrer Abenteurer und Detektiv verriet sein Ziel nicht. Es tat weh zu denken, dass Tom Weißfeder der Verräter sein könnte, aber selbst, wenn er es nicht war, würde er den anderen weitersagen, was er gehört hatte, und es würde dem Verräter zu Ohren kommen. Und er würde zu den feinen Herren in ihren Cremeanzügen gehen und sagen: Die Kinder sind flussaufwärts gefahren, zum Rio Branco, und dann konnten sie sich schön gemütlich damit beschäftigen, dort zu suchen.

»Ihr werdet Hängematten brauchen auf dem Schiff«, sagte Tom Weißfeder. »Jeder bringt seine eigene Hängematte mit. Ich weiß

nicht, was ihr vorhabt, aber wenn es mit Miguel zu tun hat, seht euch vor.« Er griff in den uralten Lederrucksack, der neben seinem Stuhl stand und in dem alles war, was er auf der Welt besaß, und zog etwas heraus. Ein großes, oft gefaltetes Paket aus dünnem, gewebtem Stoff. Grün wie der Wald. »Hier. Nehmt die mit. Ich gehe davon aus, dass ihr zurückkommt und ich sie wiederkriege.«

»Deine … deine Hängematte?«, fragte Pablo und streichelte den grünen Stoff. »Aber … du hängst sie doch nachts immer irgendwo in der Stadt auf! Wo wirst du schlafen?«

»Hier und dort«, sagte Tom Weißfeder ernst. »Aber ihr!« Er senkte seine Stimme zu einem Flüstern. »Zieht los und zeigt es den Großen. Den Mächtigen. Keiner von uns kann das, aber ihr könnt es vielleicht. Wer weiß, womöglich bringt meine Hängematte euch Glück.« Er stand auf und der Hund sprang von seinem Stuhl und hechelte erwartungsvoll. »Und jetzt geht«, sagte Tom Weißfeder. »Ehe es zu spät ist.«

Eine Weile später gingen zwei Kinder an Bord eines Schiffes, mitten im Gewusel der anderen Menschen. Zwei Jungen in alten T-Shirts und löcherigen Hosen, barfuß. Der eine trug eine schwarze Schiebermütze und eine alte bunte Umhängetasche, der andere einen breitkrempigen Strohhut. Beide schleiften einen Jutesack mit

sich, offenbar halfen sie, irgendetwas zu verladen, Gemüse oder Obst oder Mais. Wie Straßenkinder es so tun, um sich ihr Essen zu verdienen.

Falls jemand einen Jungen und ein Mädchen mit einem großen Hund suchte, falls jemand an der Mauer oben stand und hinab auf den Fluss und die Menschen und die Schiffe sah – dann fand er die Kinder und den Hund nicht.

Dann wartete er, der Jemand dort oben, bis das Schiff unten abfuhr, und sah beim nächsten Schiff nach und beim übernächsten … und fand wieder kein Mädchen in einem weißen Nachthemd mit Hund. Irgendwann gab er auf und fluchte.

Und das Schiff, auf dem die Straßenkinder mit dem Sack sich befanden, richtete seine Nase gen Osten und begann, langsam und gemütlich den Rio Negro hinunterzufahren.

»Jetzt sind wir aber weit genug weg vom Hafen«, sagte Pablo schließlich. »Jetzt müssen wir wirklich den Hund auspacken.« Er öffnete den Sack und der Hund sprang heraus und leckte ihm quer übers Gesicht. Er hatte bis jetzt ganz stillgehalten. Es war ein kluger Hund, er verstand alles.

Ximena nahm ihren Strohhut ab und fuhr sich mit den Fingern durch die Locken. Sie standen ganz vorn an der

Reling, im untersten der drei Stockwerke des Schiffs. Über ihnen saß irgendwo der Kapitän hinter Glas.

»Wir haben es getan«, sagte Ximena. Sie strahlte. »Pablo, wir haben es wirklich getan! Wir sind abgehauen! Wir sind auf einem Schiff! Und wir sind auf dem Weg in den Regenwald.«

»Wenn's bloß nicht die ganze Zeit regnet«, meinte Pablo und lachte.

Doch das Wasser des Rio Negro lag glatt, schwarz und friedlich unter dem Himmel und Manaus blieb mit all seinen ineinander und umeinander gebauten Häusern und Hütten am Ufer hinter ihnen zurück. Das Letzte, was sie davon sahen, waren die Schlote mehrerer großer Fabriken, die Dreck in den Himmel pusteten, eine grauschwarze Wolke über der Stadt.

Dann bestand das Ufer nur noch aus einer dunkelgrünen Linie, es war zu weit weg, um Genaues zu erkennen, denn der Fluss war so breit wie ein kleines Meer. Aber Pablo wusste: Die dunkelgrüne Linie waren Bäume. Hier begann der Urwald.

Seine Geheimnisse lagen noch im Verborgenen, all sein Leben versteckte sich, aber es war da. Die Riesenotter, die Delfine, die tausend Vogelarten, die Kaimane, die Piranhas, die Seekühe … Sie alle waren da, unter der Oberfläche, im Geheimen.

Zwei Tage, dann mussten sie das Schiff wechseln und

den Rio Demini hinauffahren, auf einem weit kleineren Boot.

Miguel hatte ihm so viel beigebracht. Endlich konnte er sein Wissen gebrauchen.

Er kramte noch einmal den Zettel heraus.

Pablo, wenn du das hier liest, dann hat der Hund dich gefunden. Was ein kleines Wunder ist. Vielleicht hast du gemerkt, dass ich verschwunden bin. Glaub mir, ich bin nicht freiwillig verschwunden. Keiner von uns ist das. Du musst uns helfen. Wir sitzen hier fest. Der Hund gehört einem Freund. Ich weiß nicht, was sie mit uns vorhaben und …

»Wir sind auf dem Weg«, sagte Pablo feierlich.

Beide Decks des Schiffs hingen voller Hängematten, es gab Haken dafür in der Decke und es war ein beeindruckender Anblick: Matte an Matte an Matte, ein buntes Durcheinander. Frauen mit Babys schaukelten in ihren Matten hin und her, Männer lagen quer in ihren Matten und hörten Musik oder tippten auf ihren Handys herum, ein alter Mann saß mit drei Hühnern in der Matte, die er offenbar transportierte, und sang ihnen ein kleines Lied vor.

Ximena und Pablo hängten Tom Weißfeders grüne Matte zwischen eine gelbe und eine rot-lila gemusterte Matte, setzten sich hinein und aßen ihren Proviant, Mais und Toastbrot, während der Fluss an ihnen vorüberzog.

Und sie sprachen über alles. Über den Fluss. Über den Wald. Über die Welt.

Und dann wurde es Abend und dann wurde es Nacht und sie legten sich nebeneinander in die Hängematte, schräg, denn in Hängematten muss man schräg schlafen, jeder weiß das.

»Mir ist kalt«, sagte Ximena.

Sie hatte recht, es war kühl geworden, Wind strich über das Deck und vor den Sternen klebten Wolken. Das Schiff machte einen Ruck und sie rollten beide in der Mitte der Matte zusammen. Da wurde ihnen wärmer.

»Wir hätten eine Decke kaufen sollen«, flüsterte Pablo.

»Jetzt müssen wir uns gegenseitig zudecken«, wisperte Ximena.

Pablo entfernte eine Haarsträhne von Ximena aus seiner Nase und nieste. Dann schloss er die Augen und spürte ihre Wärme. Er hatte noch nie so nah an einem anderen Menschen geschlafen. Außer vielleicht, dachte er, als Baby. Als seine Mutter noch da gewesen war. Er fragte sich, ob er eines Tages herausfinden würde, wer sie gewesen und wo sie geblieben war.

Und dann schlief er ein.

Mitten in der Nacht wachte Pablo davon auf, dass es noch kühler geworden war. Regen trommelte auf den Rio Negro und über den Himmel zuckten Blitze. Eine Handvoll Leute war dabei, Planen an den Seiten des Zwischendecks zu befestigen, die den Wind und den Regen abhalten sollten.

Ximena lag nicht mehr neben ihm, dafür war der Hund in die Hängematte gesprungen.

»Wo ist sie?«, wisperte Pablo, doch der Hund schlief.

Pablo kletterte aus der Matte und umschlang seinen frierenden Körper. Zitternd lief er zwischen den Hängematten entlang, in denen Schläfer unter warmen Decken lagen, Reisende, die den Fluss und das Wetter besser kannten als die Furchtlosen Drei. Im Moment, dachte Pablo, waren sie vor allem deckenlos, pulloverlos, jackenlos. Er lief die ganze Reling ab. Keine Ximena.

Dann lief er hinunter ins zweite Zwischendeck, sah bei den Klos nach – nichts.

Verdammt, wo steckte sie?

»Menschen verschwinden …«, flüsterte er sich selbst zu. Und dann sagte er entschlossen. »Aber doch nicht von einem fahrenden Schiff!«

Und er kniff die Augen zusammen und trat aufs Außendeck, mitten hinein in den Regen. Dort vorne hatten sie heute zusammen gestanden … Und dort stand jetzt, allein, eine kleine Gestalt. Sie hielt mit einer Hand ihren Strohhut fest, mit der anderen klammerte sie sich an die Reling. Um sich darüberbeugen zu können, war sie auf einen der großen schwarzen Poller geklettert, an denen die Taue befestigt wurden, wenn das Schiff im Hafen lag.

»Ximena!«, schrie Pablo.

Sie hörte ihn nicht, der Sturm war zu laut. Der nächste Blitz ließ den Himmel rot und gelb aufleuchten und Pablo sah, wie sich die Bäume am Ufer bogen – das Schiff hielt sich jetzt nah beim linken Ufer des Rio Negro, nicht mehr in seiner Mitte, und die riesigen Bäume winkten mit ihren Ästen wie mit Händen. Kommt, kommt, sagten sie, kommt in den Wald, wir warten auf euch … Wir warten nur darauf, zwei leichtsinnige Kinder zu verschlingen.

Unsinn, sagte Pablo sich, es waren nur Bäume. Er begann, sich mit gesenktem Kopf gegen den Sturm über das glitschige Deck vorzuarbeiten. Einmal rutschte er fast aus – und sah erst wieder auf, als er fast ganz vorne angekommen war. Da saß Ximena an der Reling. Sie war hinaufgeklettert und sie sah aus, als wollte sie von dort aus ins schwarze, aufgewühlte Nachtwasser hinabspringen.

»Nein!«, schrie Pablo und packte sie am Ärmel, hielt sie fest. »Was machst du denn?«

Sie drehte sich zu ihm um, er sah ihr Gesicht im Licht des nächsten Blitzes. Ihr Haar war klitschnass und klebte an ihrem Kopf und in ihren Augen leuchtete ein seltsamer Glanz, als befände sie sich mitten in einem Traum.

»Delfine!«, rief sie gegen den Wind an. »Da sind Delfine! Flussdelfine!«

»Ja und?«, brüllte Pablo. »Komm wieder rein! Die Delfine sind sowieso nass, denen ist es egal, ob es regnet und stürmt!«

»Sie rufen mich!«, schrie Ximena.

»Waaas?« Er starrte sie an und verstärkte seinen Griff.

»Die Delfine rufen mich! Ich spüre es! Sie wollen, dass ich mit ihnen gehe!«

»Das wirst du schön bleiben lassen!«, schrie Pablo. »Komm runter von der Reling! Was ist los mit dir?«

»Wenn wir etwas herausfinden wollen, müssen wir den Delfinen folgen!«, rief Ximena, aber Pablo hatte genug, es war zu glitschig hier, er würde sie nicht mehr lange festhalten können, und wenn sie fiel, geriet sie in die Schiffsschraube oder sie würde im Sturm ertrinken. Er riss an ihrem Arm, sie wehrte sich, aber schließlich glitt sie von der Reling. Innen. Gleich darauf hatte er sie zu Boden gerungen und sich auf ihren Brustkorb gesetzt.

»Bei uns sagen sie auch, die Delfine rufen junge Mädchen in der Nacht«, knurrte er. »Sie verwandeln sich in Männer und tanzen mit den Mädchen und dann nehmen sie sie mit ins Wasser und die Mädchen ertrinken. Aber das ist doch nur eine alte Geschichte!«

»Sie haben mich nicht gerufen, weil ich ein Mädchen bin!«, keuchte Ximena und schaffte es, ihn zu kratzen. »Sie haben mich gerufen, weil sie mir etwas sagen wollten. Vielleicht wissen sie etwas über Miguel!«

Sie bäumte sich noch einmal auf und dann lag sie still. Ließ den Regen über ihr Gesicht laufen. Und sah ihn auf einmal anders an als zuvor.

»Pablo«, sagte sie. »Ich … was war gerade?«

»Du wolltest ein paar Delfine als Zeugen befragen«, sagte er und wischte das Blut von dem Kratzer auf seinem Arm, den er ihr verdankte.

Ximena schüttelte den Kopf. »Wirklich? Ich erinnere mich nicht richtig. Es ist alles so verschwommen. Ich dachte, ich würde nur träumen.«

Pablo zog sie auf die Beine. Sie waren beide so nass, als wären sie tatsächlich in den Fluss gesprungen. »Lass uns reingehen«, sagte er. »Und versprich mir eins: Tu so was nie, nie wieder.«

»Das kann ich nicht versprechen«, sagte Ximena. »Ich weiß ja nicht, warum ich es getan habe. Ich habe von dem Lied geträumt. Dem Lied, das die Frau im Urwald sang. Und dann bin ich aufgewacht und hierhergekommen und habe die Delfine gesehen. Vielleicht hat das eine etwas mit dem anderen zu tun …«

»Mir ist verdammt kalt und ich bin verdammt nass und das eine hat mit dem anderen eine Menge zu tun«, knurrte Pablo. Und dann führte er Ximena zurück zu ihrer Hängematte und sah vorwurfsvoll den Hund an, der aufgewacht war. »Pass gefälligst besser auf sie auf, wenn ich schlafe«, sagte er.

»Braucht ihr eine Decke? Ihr seht ja furchtbar aus«, sagte eine Frau in der Nachbarhängematte. »Hier, ich habe eine übrig. Dios, zieht bloß das nasse Zeug aus, schlafen könnt ihr unter der Decke auch in Unterwäsche.

Sonst holt ihr euch den Tod! Und der ist sowieso nie weit fort, hier im Amazonasgebiet. Passt nur gut auf euch auf. Dios, zwei Kinder allein im Amazonas …«

»Wir sind nicht allein«, murmelte Ximena, eingekuschelt in die Decke, und zeigte auf den Hund. »Wir sind die Furchtlosen Drei.«

SECHSTES KAPITEL,

in welchem ein schwimmender Garten vorkommt und die Detektive eine Spur finden

Drei Tage Schifffahrt. Zweimal Umsteigen. Der Rio Demini schlängelte sich in weiten Windungen in Richtung Norden: Irgendwo dort lag Venezuela und irgendwo zwischen Brasilien und Venezuela lebten die unkontaktierten Völker. So viel Wissen von Miguel … Die Unkontaktierten. Schon das Wort jagte Pablo einen Schauer über den Rücken.

Er versuchte, sie sich vorzustellen, behängt mit buntem Federschmuck – wie die Sambatänzer auf ihren Festwagen, die einmal im Jahr durch Manaus zogen. Vielleicht hängten sie sich Jaguarfelle um und sicher trugen sie Pfeil und Bogen …

Und dann hielt das kleine Schiff zum letzten Mal.

»Wer hier weiter den Fluss hinaufwill, muss selber paddeln«, knurrte der Kapitän, als Ximena ihn fragte. »Bis hierher bringen wir die Post und die Missionare und die

Kisten mit Waren. Weiter nicht. Zu unsicher da oben. Stromschnellen. Felsen unter Wasser. Indioland. Wild.«

Es war Morgen und sie hatten an einem breiten Holzsteg angelegt. Dieses Dorf war direkt ans Ufer gebaut. »Guck dir das an«, sagte Ximena. »Die Hütten sehen aus, als hätten sie alle lange Beine wie Reiher, die im Wasser stehen.«

Sie hatte recht, alle Häuser in diesem Dorf waren auf Stelzen gebaut. Sie ragten aus dem Wasser wie Reiher mit langen Beinen.

»Das hier ist die Zeit des mittleren Wassers«, sagte Pablo, denn auch das hatte er von Miguel gelernt. »Bei Niedrigwasser ist es noch ein paar Meter niedriger. Und wenn das höchste Wasser kommt – dann sieht man die Stelzen wahrscheinlich gar nicht mehr.«

»Es steigt um mehrere Meter?«, fragte Ximena.

»Du meine Güte, warum lerne ich so was nicht bei meinem Privatlehrer? Ich lerne so gut wie nichts über den Amazonas, es ist doch eine Schande, dabei leben wir quasi mitten darin. Stattdessen paukt er mit mir die Kriege Europas und öde italienische Kunstgeschichte.«

»Vielleicht … ist es nicht die Schuld deines Lehrers«, sagte Pablo vorsichtig. »Lehrer sind nur Angestellte. Jemand bezahlt sie.«

»Du meinst, mein Großvater hat ihm verboten, mir etwas über den Amazonas zu erzählen?«

Pablo zuckte mit den Schultern. »Kann doch sein, dass er ihn nicht mag. Den Fluss. Den Wald. Zu wild, zu gefährlich. Vielleicht hat er Angst, dass du auf Ideen kommst.«

»Wie zum Beispiel, auf diesen Steg zu klettern und ein Boot zu suchen«, sagte Ximena und grinste, »das uns den Demini raufbringt.«

Außer ihnen stiegen eine Menge Säcke und Kisten aus, die die Leute vom Dorf abholten, dann fuhr das Schiff weiter den anderen Fluss hinunter. Der Demini aber lag vor ihnen wie ein schmales silbrig glänzendes Band und schlängelte sich zwischen den Bäumen davon ins Unbekannte.

»Gibt es wirklich keine Schiffe, die da langfahren?«, fragte Pablo den Mann, der gerade die letzte Kiste holte.

»Klar«, sagte er, grinste und spuckte durch eine Zahnlücke ins Wasser. Kautabak.

»Musst du dir eins bauen, dann gibt es eins.«

Er lachte. »Liebes Kind. Wir sind hier nicht in der Großstadt an der Bushaltestelle. Straßenjungs wie ihr sollten da bleiben, wo es Straßen gibt. Da könnt ihr die

Hand aufhalten und die reichen Leute anbetteln. Wir arbeiten hier für unseren Lebensunterhalt. Wir arbeiten hart. Und Boote, die zum Vergnügen den Oberlauf des Demini entlanggondeln, haben wir nicht.«

Damit drehte er sich um und ging davon, die schwere Kiste in den Armen.

»Warten Sie!«, rief Ximena und lief ihm nach, über die federnden Bretter des Stegs. »Kann man denn ein Boot … mieten?«

»Habt ihr denn Geld?«, knurrte der Mann.

Ximena nahm ihren Strohhut ab und schüttelte ihr Haar aus, dann griff sie unter das innere Hutband und zog einen Schein hervor. »Ja«, sagte sie nur und hielt ihn dem Mann hin, der mit offenem Mund dastand und sie anstarrte. Zuvor hatte er ihre Augen im Schatten des Hutes vermutlich nicht gesehen, aber jetzt sah er sie: Die blauen Augen eines Engels, die ihn um seine Hilfe baten, umrahmt von feinen braunen Locken. Der Hund, auf dessen Kopf Ximena eine Hand gelegt hatte, sah aus wie der Beschützer einer Heiligen.

»Hm, ja, ich glaube, der alte Pedro hat ein Boot, das ihr kriegen könntet«, sagte er. »Fährt sowieso nicht mehr viel raus damit. Pedro!«, brüllte er dann. »Schwing deinen Hintern aus der Hängematte! Hier gibt's was zu verdienen!« Er wandte sich wieder Ximena zu. »Könnt ihr überhaupt paddeln?«

»Wir sind die Furchtlosen Drei«, sagte Ximena und lächelte. »Wir können alles.«

»Drei?« Der Blick des Mannes glitt nach unten. »Ach so. Der Hund paddelt auch. Alles klar.«

Eine halbe Stunde später saßen sie alle drei in einem langen, schmalen Boot und der Hund paddelte leider nicht, er kniff nur ängstlich den Schwanz ein.

Pablo und Ximena, die den Hut wieder aufgesetzt hatte, hielten je ein Paddel in den Händen.

Am Steg stand der alte Pedro, umgeben von kleinen Kindern mit Triefnasen und schmutzigen T-Shirts, die ganz kleinen nackt. Sie tuschelten und zeigten immer wieder auf den Hund und Pablo hörte, wie eins der Kinder sagte: »Die haben da eben alle solche Hunde, in der Stadt. So ist das.«

Ehe er das Kind fragen konnte, was das bedeutete, fragte der alte Pedro: »Was wollt ihr denn da oben am

Fluss, hm?« Der alte Pedro war wirklich alt, uralt, die Falten auf seinem Gesicht glichen den kleinen braunen Wellen des Rio Demini.

»Wir … wir haben gehört, es gibt hier Arbeit«, sagte Pablo. «Wir wollen ein bisschen Geld verdienen. Man hört, sie bauen einen Staudamm? Da brauchen sie doch Leute, dachten wir?«

»Holzfäller«, sagte der alte Mann mit der Kiste. »Bauarbeiter. Echte Männer. Keine kleinen Kinder aus der Stadt. Ich werde auch hingehen, Geld kann hier jeder gebrauchen.«

»Aber die Fische hier, die können wir dann vergessen«, sagte der alte Pedro bedächtig. »O ja, die Fische. Wir holen jetzt noch raus, was wir können. Wenn der Staudamm erst da ist, ist Sense.«

»Sense?«, fragte Ximena.

»Die Fische bleiben im Wehr hängen. Die können wir dann hier in kleinen Stückchen rausholen. Vielleicht ganz praktisch für Fischfilet«, sagte der Mann mit der Kiste und grinste.

»Also, Sie wollen den Staudamm eigentlich nicht?«, fragte Pablo.

»Oh, Junge, uns fragt keiner«, sagte der alte Pedro. »Fahrt hin, seht es euch an. Wenn ihr den Demini immer hinauffahrt, könnt ihr die Stelle nicht verfehlen. Aber Arbeit gibt es da nicht für euch. Wenn ihr echte Arbeit sucht, versucht ihr es besser auf den Kakaoplantagen. Da brauchen sie kleine geschickte Finger, da haben Kinder gute Chancen.«

Damit gab er dem Boot einen Schubs und Pablo packte das Paddel fester und begann zu rudern.

»Warte!«, rief Ximena. »Haben Sie eine Gruppe Studenten in einem roten Bus gesehen?«

»Ximena«, sagte Pablo. »Wie soll denn der Bus hier durchgekommen sein? Geschwommen? Die Straße führt garantiert woanders…«

»Nein, keine Studenten!«, rief der Mann mit der Kiste ihnen hinterher. »Studenten sind hier ganz gewiss keine vorbeigekommen! Und auch ganz gewiss keine Studenten mit Hund!«

Er rief es mit so viel Nachdruck, dass Pablo ein komisches Gefühl bekam.

»Er weiß etwas«, meinte Pablo. »Dieser Mann weiß etwas, aber er wird es uns nicht verraten.«

»Und die Kinder haben gesagt, in der Stadt haben alle solche Hunde«, sagte Ximena und sah den Hund an, der gerade versuchte, sich in dem schmalen Boot hinzulegen, für das er eindeutig zu groß war.

»Dabei ist das ein wirklich ungewöhnlicher Hund. Die Kinder haben schon einmal jemanden aus Manaus mit einem solchen Hund gesehen.«

Pablo sah den Hund an. »Warst du schon einmal hier?«, flüsterte er. »Warst du der Hund, den sie gesehen haben?«

In den treuen braunen Augen des Hundes stand ganz bestimmt eine Antwort, aber Pablo konnte sie nicht lesen. Sie paddelten um eine Biegung und der Urwald verschluckte sie. Hohe Bäume ragten weit auf den Fluss hinaus, ließen ihre Lianen hineinhängen und boten Tausenden von Vögeln Aussichtsplätze. Schwimmende Teppiche aus gelb und violett blühenden kleinen Blumen bedeckten hier und da das Ufer. Eine kleine rot gestreifte Schlange ringelte sich durchs flache Wasser an Land.

»Vielleicht«, wisperte Ximena, »verschwinden wir jetzt auch.«

»Ach was«, murmelte Pablo und ruderte kräftiger. Aber auch ihm war etwas mulmig zumute.

Als sie weiter den Fluss hinaufruderten und er die Bäume, die Lianen, die Vögel in sich aufnahm und versuchte, sein Herz zu öffnen und all das zu begreifen – währenddessen hatte er ein seltsames Gefühl.

»Da ist jemand, der uns beobachtet«, sagte er.

»Klar«, sagte Ximena, »zweihundert Vögel, ein paar Dutzend versteckte Affen, eine Handvoll Fische, dreitausend Schmetterlinge und vier Millionen Moskitos. Verflixt!« Sie schlug auf ihren Arm und versuchte, einen der Moskitos zu erlegen.

Pablo ließ seinen Blick an der grünen Wand des Ufers entlanggleiten: eine wilde, verschlungene Wand aus tausend Grüntönen, hellgrün, dunkelgrün, olivgrün, leuchtend grün, blaugrün. Vielleicht hatte Ximena recht, und was er spürte, waren die Augen von Tieren.

Er hätte sie gerne gesehen, es war komisch, nur ihre Blicke zu fühlen.

Er war froh, dass der Hund zu ihren Füßen lag, ein freundlicher, riesiger grauer Teppich, der sie beschützte.

Gegen Mittag fuhren sie um eine weite Biegung und eine ganze Schar weißer Reiher stieg von einem toten Ast am Ufer auf, flatterte einen Moment lang um das Boot herum, sodass man nichts mehr sehen konnte als ihre weißen Flügel, und flog dann in den blauen Himmel davon.

Als sie fort waren, sah Pablo das Haus.

»Da ist ein Haus«, sagte er verblüfft.

Das Haus befand sich in der Mitte des Flusses. Es schwamm.

Um das Haus herum befand sich ein Garten aus Tausenden von bunten, zarten, im Wind wippenden Blumen in allen Rot- und Rosa- und Lilatönen der Erde. Sie wuchsen in alten Benzinkanistern.

Und in dem Garten saß in einer Hängematte, die zwischen zwei Balken des Hauses hing, eine alte Frau mit einem langen schwarzen Zopf und einem Strohhut und schaukelte sachte hin und her, während sie Gemüse klein schnitt und ab und zu in einen Topf zu ihren Füßen warf. Pablos Magen knurrte.

»Lass uns hinfahren«, sagte er. »Vielleicht sagt sie uns etwas. Etwas über Miguel.«

»Ja«, sagte Ximena. »Und mein Magen knurrt.«

Als sie das Boot längsseits an den Steg legten, sah die alte Frau auf und lächelte.

»Ah, Besuch«, sagte sie und sprang erstaunlich flink aus der Hängematte, um ihnen zu helfen, das Boot mit einem Seil vorn und einem Seil hinten zu vertäuen.

»Na, meine Kinder, was hat euch denn auf den Fluss gespült?«

»Wir suchen Arbeit«, sagte Pablo zögernd.

»Oh, gut«, meinte die alte Frau und gab ihm grinsend ein Messer, einen Teller und eine Karotte. »Du kannst die hier zerschneiden für den Eintopf.« Und als sie Pablos verwirrtes Gesicht sah: »Sucht ihr nur Arbeit? Oder auch Geld?«

»Geld auch«, sagte Pablo und begann, an der Karotte herumzuschnitzen.

»Sie bauen da diesen Staudamm«, sagte Ximena. »Weiter flussaufwärts.«

Sie nahm Pablo die Karotte weg. »Du sollst sie nicht umbringen, sondern klein schneiden.«

Die alte Frau lachte. Aber dann hörte sie auf einmal auf zu lachen. »Ja, den Staudamm. Und dann das Kraftwerk. Damit der Demini Strom gibt wie eine Kuh Milch.« Sie schüttelte den Kopf. »Sie wollen immer alles haben. Selbst noch die Kraft der Flüsse. Sie quetschen den Amazonas aus wie eine Zitrone, den ganzen Wald, und eines

Tages wird nichts davon übrig bleiben als eine trockene Schale. Es ist schlimmer geworden, viel schlimmer, seit der neue Präsident da ist. Aber das wisst ihr selbst, ihr seid aus der Stadt, was?«

»Ich interessiere mich nicht so für Politik«, sagte Pablo.

»Das solltest du aber«, sagte die alte Frau. »Wer kann denn die Großen, Mächtigen aufhalten, wenn nicht ihr? Wenn die Großen, Mächtigen schlimme Dinge tun?«

»Mein Großvater sagt, der Präsident mag den Wald nicht«, sagte Ximena. »Er sieht ihn gerne brennen.«

»Oh, das tut er, das tut er.« Die alte Frau nickte. »Er steht auf der Seite derer, die Geld haben. Und wer Geld hat, will immer noch mehr Geld, so ist das. Es ist nie genug. Sie wollen eine Menge Geld aus diesem Wald herausholen. Felder und Weiden wollen sie statt wildem Dschungel. Und unter dem Wald schläft das Öl, das wollen sie auch, und das Gold, und nun also den Fluss.«

Sie schüttelte den Kopf.

Und Pablo dachte, dass er von dieser alten Frau mitten auf dem Fluss alles erwartet hatte, aber kein Gespräch über Politik.

»Jaja, du denkst, ich bin nur eine alte Frau«, sagte sie und kicherte. »Das stimmt, ich kann nicht schreiben und nicht lesen. Aber weißt du, was ich kann? Fragen stellen. Sie möge keine Fragen, die Großen, Mächtigen. Nein, die mögen sie überhaupt nicht. Aber es wagt keiner, der alten

Ana etwas anzutun. Sie haben Angst. Glauben, ich sei eine Hexe. Wer weiß. Lauter Zauberblumen hier, für Gifttränke, schon möglich.« Sie kicherte leise.

»Und ich werde sie auch fragen, was sie mit den jungen Leuten gemacht haben, ich werde sie das fragen, wenn ich einen von ihnen in die Finger kriege«, sagte sie. »Jaja.«

»Den jungen Leuten?«, fragte Ximena.

»Ja, da waren eine Menge«, sagte die alte Ana. »Liebe junge Leute. Ich habe sie gesehen. Ich war an Land an diesem Tag und ich habe gesehen, wie sie marschiert sind. Mitten im Urwald. Mitten auf der Baustelle. Haben ihre Schilder hochgehalten und sind marschiert, haben auch Fragen in die Luft gerufen. ›Warum bauen Sie ein Kraftwerk, Herr Präsident, gerade hier?‹ – ›Warum fluten Sie den Urwald, wo doch jeder weiß, dass die Hälfte des Jahres sowieso nicht genug Wasser im Fluss ist für das Kraftwerk?‹ – ›Warum machen Sie alles kaputt?‹« Sie nickte bedächtig. »Einer von ihnen hat gefilmt, junge Leute können so was ja heutzutage. Ein anderer hat mir erzählt, was sie vorhaben. Sie wollten noch mehr filmen, im Wald. Die Dörfer, die zerstört werden. Die Menschen, die umgesiedelt werden müssen. Und dann wollten sie mit ihrem Film zurück in die Stadt und ihn allen zeigen. Auch den ausländischen Reportern. Sie hatten einen Plan. Jaja, sie haben Fragen gestellt. Und wisst ihr, was? Der Präsident hat geantwortet.«

Pablo merkte, dass er seine Hände zu Fäusten geballt hatte vor Aufregung.

»Geantwortet? Was?«, fragte Ximena.

»Oh, er und seine Leute sind auch große Zauberer«, sagte die alte Frau und lachte leise. »Seine Antwort war, die jungen Leute wegzuzaubern. Pöff! Einfach fort. Sie sind in den Urwald hinter der Baustelle marschiert, ich habe es gesehen, einen Dschungelpfad entlang. Wollten zum Dorf der Indios. Aber sie sind nie dort angekommen, was man so hört. Und sie sind nie zurückgekehrt. Wir haben gewartet, ich und ein paar andere. Aber schließlich bin ich zurückgewandert zu meinem Haus auf dem Fluss, um aufzupassen, wer ihn so entlanggefahren kommt. Ich bin die Wächterin des Demini, versteht ihr?« Wieder lachte sie leise. »Keiner kommt an mir vorbei, der stromaufwärts will. Und jetzt seid ihr da.«

»Miguel«, flüsterte Pablo. »War einer bei den jungen Leuten, der Miguel hieß?«

»Das war der, der mit mir gesprochen hat«, sagte die alte Frau. »Miguel, ja, ich erinnere mich.«

Sie sah Pablo eine Weile nachdenklich an. »Ich erinnere mich genau, was er gesagt hat, ehe er mit den anderen im Urwald verschwand. Er hat zu mir gesagt, sie machen die Zukunft kaputt. Wenn der Wald kaputt ist, ist irgendwann auch die Zukunft kaputt, man kann den Amazonaswald

nur einmal verkaufen und zerstören, danach ist er weg und Brasilien wird ein armes Land sein. Und die Erde ohne Bäume eine arme Erde. Die Zukunft gehört doch den Kindern. Ich habe noch keine Kinder, hat er gesagt, und keine kleinen Geschwister. Aber da ist ein Junge. In der Stadt. Ein Junge, den ich sehr gernhabe. Für den möchte ich die Zukunft retten.«

»Das … das bin ich«, flüsterte Pablo.

»Und du suchst keine Arbeit, nicht wahr?«, fragte die alte Frau sanft. »Du suchst deinen Freund. Miguel.«

»Wir«, sagte Ximena. »Wir suchen ihn. Wir sind die Furchtlosen Drei vom Rio Negro.«

»Na, dann lasst uns zusammen kochen und essen«, sagte die alte Frau. »Damit die Furchtlosen Drei Kraft haben weiterzufahren. Herauszufinden, was passiert ist, an jenem Tag im Dschungel.« Sie legte den Kopf schief. »Der Hund war bei den jungen Leuten. Er ist also den ganzen Weg zurück nach Manaus gelaufen, um Hilfe zu holen. Und dann hat er euch hierhergebracht.«

»Meinen Sie, er hätte lieber jemand anderen holen sollen?«, fragte Pablo und seufzte. »Einen richtigen Helden und Abenteurer, nicht zwei Kinder?«

»Oh, Kinder sind genau richtig«, sagte die alte Frau und streichelte den Hund. »Komm, Hund, ich brate dir einen schönen Fisch. Noch gibt es Fische im Demini.«

SIEBTES KAPITEL,

in welchem die Detektive nass und fast aufgefressen werden, dann aber überraschend Hilfe von oben kommt

Als an diesem Tag die Sonne unterging, taten Pablo die Arme weh.

Er sah Ximena an und sie sah aus, als täten ihr auch die Arme weh.

»Es ist eigentlich ungerecht«, sagte Pablo, »dass der Hund nicht paddelt.«

Nach dem Essen bei der alten Ana in ihrem schwimmenden Blumenhaus waren sie wieder in ihr winziges Boot gestiegen und seitdem paddelten sie, immer flussaufwärts, während die Vögel am Ufer gemütlich auf ihren Ästen saßen oder schwerelos über den Fluss schwebten. Keiner der Vögel musste paddeln. Pablo hatte einen gewissen Hass auf die Vögel entwickelt.

»Aber es sind nicht nur die Vögel«, sagte er. »Da ist noch jemand, der uns beobachtet. Jemand folgt uns.«

»Wir sind die Detektive«, sagte Ximena mit einem

Seufzen und wischte sich den Schweiß von der Stirn unter ihrem Strohhut. »Sollten wir nicht die sein, die jemanden verfolgen? Am besten die Verbrecher?«

»Ach, du und dein Detektivspiel«, knurrte Pablo. »Komm in der Wirklichkeit an. Die Verbrecher hatten wir schon längst vor der Nase. Im Theater. Die brauchen wir nicht zu verfolgen, wir wissen genau, wo sie sitzen, aber wir kommen nicht an sie ran. Wir müssen Miguel finden und abhauen, das ist alles.«

»O nein«, sagte Ximena. »Wir werden Beweise dafür finden, dass die wichtigen Leute wie der Bürgermeister und dieser andere Typ Miguel und seine Leute eingesperrt haben. Das ist es, was wir hier machen. Liest du keine Detektivromane?«

»Nein, tue ich nicht«, fauchte Pablo. »Die Bibliothek in meiner verfallenen Villa ist leider nicht so gut sortiert wie die im Silberhaus.«

»Deshalb musst du mich nicht gleich anfauchen!«, fauchte Ximena zurück.

In diesem Moment sah Pablo die Augen. Kleine, leuchtende Augen, am Ufer, dicht über der Wasseroberfläche. Der Himmel verfärbte sich eben rotviolett und das letzte Licht spiegelte sich in den Augen und ließ sie rot aufglühen. Neben dem ersten Paar war ein zweites und etwas weiter fand er ein drittes. Dann sah er die Schatten, die zu den Augen gehörten.

»Kaimane«, wisperte er – als dürften die Kaimane ihn nicht hören. »Guck, da! Am Ufer! Lauter Kaimane!«

Ximena nickte. Die kleinen Krokodile sahen mit ihren leuchtenden Augen hungrig in die Nacht, Pablo hörte fast ihre Mägen knurren unter den schuppigen Körpern. Dann glitt einer der Kaimane vom Ufer aus in den Fluss und schwamm auf ihr Boot zu. Ximena schrie auf. Der Kaiman war nicht mehr zu sehen. Er war weggetaucht und zwei seiner Artgenossen folgten ihm.

»Was wollen die?«, fragte Ximena. »Wollen die was von uns?«

»Wir wären sicher ein leckeres Abendessen«, sagte Pablo.

»Ich habe auch Hunger«, sagte Ximena. »Wir müssen irgendwas essen, sonst haben wir keine Kraft mehr zum Paddeln. Aber wir haben nichts mehr, richtig?«, fragte sie bitter. »Gar nichts.«

Ein vierter, sehr viel größerer Kaiman tauchte vor ihnen auf und sah sie an.

»Weg hier!«, rief Ximena, plötzlich panisch. »Wir müssen schneller paddeln!«

»Aber wohin denn?«, fragte Pablo. »Immer geradeaus, bis wir umfallen? Wir müssen ans Ufer, es wird Nacht!

Heute kommen wir zu keiner Baustelle mehr, es ist zu weit.«

»Aber am Ufer sind diese verflixten Viecher!«, rief Ximena. »Wenn wir da aussteigen und das Boot an Land ziehen, beißen sie uns die Füße ab!«

Es raschelte am Ufer, ganz leise, aber Pablo hörte es trotzdem. »Da ist noch etwas«, sagte er. »Etwas, was uns beobachtet, auch wenn du mir nicht glaubst. Ein größeres Tier. Also ist das Ufer vielleicht wirklich keine gute Idee.«

Sie versuchten, schneller zu paddeln, aber keiner von ihnen hatte mehr die Kraft dazu. Das Ufer war jetzt überall voller Augen und überall, wo das Boot an ihnen vorüberfuhr, ließen sie sich ins Wasser hinabgleiten und schwammen als unsichtbare Schatten auf die Kinder zu. Als wäre das Boot ein Magnet, der sie anzog.

»Ich will hier weg«, knurrte Ximena. »Ich will hier verdammt noch mal weg. Ich will nicht von irgend so einem Vieh zerbissen werden! Ich wünschte, ich wäre nie mit dir …« Sie brach ab, paddelte weiter, keuchend, und Pablo hörte Tränen in ihrer Stimme.

»Nie mit mir mitgegangen. Na prima!«, rief Pablo. »Jetzt bin ich schuld! Weil ich dich ja gefesselt und geknebelt und gezwungen habe mitzugehen! Ich wollte das alles überhaupt nicht! *Du* wolltest Detektiv spielen!«

Das Schlimmste war, dass Pablo die gleiche Panik spürte wie sie, die gleiche Verzweiflung, die gleiche Angst, den gleichen Hunger. Sie paddelten verbissen, als wäre es eine Wette zwischen ihnen, die Kaimane waren wieder verschwunden, aber jetzt hörten sie seltsame Laute am Ufer. Ein tiefes, kehliges Brüllen, wie aus einem verstimmten Lautsprecher. Die Bäume waren nur noch eine dunkle, undurchdringliche Masse. Der Fluss war jetzt schwarz. Sie paddelten und paddelten – und dann gab es einen Ruck und sie saßen fest.

»Das ist ein Felsen!«, schrie Ximena. »Verdammt, wie kriegen wir das Boot jetzt wieder los?«

»Guck doch in einem deiner schlauen Bücher nach«, knurrte Pablo und streckte sein Paddel senkrecht ins Wasser, um das Boot vom Grund des Flusses wegzustoßen. Ximena tat das Gleiche, doch es nützte rein gar nichts.

»Ich wünschte, ich wäre …«, begann Ximena wieder.

»Verflucht, ich hätte das alles auch alleine tun können, ohne dich!«, schrie Pablo. »Jetzt wünschst du dich zurück ins Silberhaus zu deinem Großvater! Und zu den dreigängigen Menüs! Aber dazu ist es zu spät! Jetzt habe ich dich an der Backe, ein heulendes Mädchen auf dem Fluss, vielen Dank!«

»Ich heule nicht!«, schrie Ximena wütend. Sie war aufgesprungen und stand da in der Dunkelheit. Pablo sah nicht viel mehr von ihr als eine schwarze Figur aus Wut und geballten Fäusten und da sprang er ebenfalls auf. »Klar heulst du!«, schrie er.

»Setz dich wieder hin!«, rief Ximena. »Das Boot wackelt!«

»Setz du dich wieder hin!«, schrie Pablo. »Und außerdem ist es doch gut, wenn es wackelt, dann kommen wir von dem blöden Felsen frei!«

Da heulte jemand anderer, nämlich der Hund, den sie beide vergessen hatten. Er sprang auch auf und brachte das Boot noch mehr zum Schwanken, er stemmte seine Pfoten auf den Rand und heulte seinen Kummer in die Nacht, vielleicht sah er ein, dass sie sein Herrchen nie, nie erreichen würden – alles war zu chaotisch und zu laut und zu dunkel.

Und dann löste sich das Boot endgültig von dem Felsen – und kippte um. Und Ximena und Pablo und der Hund lagen im Wasser.

Pablo strampelte wild mit Armen und Beinen, kam hoch, schnappte nach Luft, ging wieder unter.

Er fragte sich, ob Ximena schwimmen konnte.

Reiche Leute konnten oft schwimmen.

Er selbst konnte es nicht.

Und irgendwo hier im dunklen Nachtwasser waren die Kaimane unterwegs, irgendwo ganz in der Nähe. Gleich, gleich würde er ihre Zähne spüren, die sich um sein Bein oder seinen Arm schlossen und ihn tiefer hinabzogen, und dann – dann wäre es aus mit dem Abenteurerleben.

Er würde nie ein Held werden, nie.

Er war schuld, dass in dieser Nacht im Amazonas ein Engel ertrank. Oder aufgefressen wurde, was nicht besser war, und auf einmal tat es ihm leid, dass er sich mit Ximena gestritten hatte. Er würde Ximena nie mehr sagen können, dass sie das mutigste Mädchen war, das er kannte.

Er spürte, wie etwas ihn packte. Das war ein Kaiman, ganz bestimmt, und es musste ein großer sein, denn sein Griff war fest – doch Pablo fühlte keine Zähne. Keinen Schmerz. Nur diesen Griff, der sich fest um seinen Arm schloss und ihn nach oben zog.

Nach oben?

Er tauchte auf, bekam Luft, trank sie gierig in sich hinein, die feuchte, blätterduftende Luft des Amazonaswaldes, und das Etwas zog ihn jetzt zum Ufer. Er sah einen Kopf über dem Wasser, schemenhaft, es war viel zu dunkel, da war ein anderer Mensch, aber kein großer. Aber ein sehr entschlossener Mensch. Er zerrte Pablo bis ans Ufer und dann stand Pablo im Schlamm und das Wasser reichte ihm nur noch bis zu den Knien, er schüttelte sich, hustete und watete durch Wasserpflanzen weiter hinauf. Dort war ein umgestürzter toter Baum, er ertastete ihn mit den Händen und ließ sich darauf sinken, erschöpft.

Der menschliche Schemen glitt noch einmal ins Wasser, und als er diesmal zurückkam, zerrte er einen anderen Schemen mit sich, der keuchte und in einem fort »Die

Kaimane, die Kaimane sind hier, sie werden uns auffressen« sagte.

Dann fiel eine klatschnasse Ximena neben Pablo auf den toten Baumstamm.

Er legte einen ebenso nassen Arm um sie. »Du fühlst dich gar nicht aufgefressen an«, sagte er.

Kurz darauf kam der Hund herangetrottet und schüttelte sich und eine ganze Fontäne von Tropfen landete auf ihren Gesichtern. Pablo legte seinen zweiten Arm um den Hund.

Die Furchtlosen Drei vom Rio Negro waren wieder vereint.

Aber vor ihnen am Fluss stand ein Schatten, ganz still, und sah sie an. Nachdenklich, Pablo spürte es. Und da ging der Mond über dem Urwald auf, stieg über die Bäume empor und sein Licht ergoss sich über den Schatten. Es war ein Junge, vielleicht so alt wie Pablo. Er hatte schwarzes Haar, über den Ohren gerade abgeschnitten, und war nackt. Bis auf eine Schnur um seinen Bauch.

Und jetzt grinste er, bückte sich, hob mit beiden Händen etwas aus dem Wasser und hob es hoch.

Es war ein Kaiman.

Ein kleiner, länglicher, nasser, schwarz glänzender Kaiman mit einer langen Schnauze, die der Junge ihm mit einer Hand zuhielt. Der Kaiman trat mit den Füßchen in die Luft und versuchte freizukommen und der Junge sagte: »Sie sind ziemlich ungefährlich. Sie jagen kleine Fische. Keine Menschen.«

Dann ließ er den Kaiman frei, der sofort panisch davonschwamm – so panisch wie Pablo und Ximena zuvor.

»Aber warum … warum sind sie überall, wo wir hinkamen, auf uns zugeschwommen?«, flüsterte Ximena.

»Weil sie Angst vor dem Boot hatten«, sagte der Junge. »Ist doch klar. Sie sind untergetaucht und haben sich versteckt.«

»Ach so«, sagte Pablo. »D…danke. Danke, dass du uns rausgezogen hast.«

Der Junge lachte leise. »Ich folge euch schon eine ganze Weile, am Ufer. Ein Glück für euch, was? Jetzt treibt das Boot ohne euch wieder flussabwärts. Zurück dorthin, wo es hingehört. Wenn die Leute ein leeres Boot finden, glauben sie, die Kinder darin sind ertrunken. Niemand wird euch suchen.« Er legte eine kleine, dramatische Pause ein. »Oder verschwunden. Im Urwald verschwunden. Wie auch andere.«

ACHTES KAPITEL,

in welchem Davi eine kleine Rede hält, die Detektive eine Spur finden und der Hund auf einem Baum sitzt

Pablo sah den Jungen an, wie er so im Mondlicht vor ihnen stand, und er fragte sich, ob er Ximena und ihn als seine Gefangenen sah. Ob er irgendwo eine Waffe versteckt hatte. Hatte er deshalb gesagt, sie würden »verschwinden«? Sie waren ihm vermutlich mehr oder weniger ausgeliefert, denn dieser Junge kannte den Amazonas und sie kannten ihn nicht.

Er holte tief Luft, als wollte er etwas sagen, vielleicht etwas Schreckliches, und Pablo stärkte sich innerlich.

»Es ist keine gute Idee, in nassen Kleidern hier rumzusitzen«, sagte der Junge. »Ich würde sagen, ihr zieht sie aus.« Sein Portugiesisch hatte einen irgendwie dunklen Akzent, dunkel wie die Nacht im Amazonasurwald.

»Ach, es ist doch ganz warm«, meinte Ximena. »Das geht schon. Wir haben nichts anderes.«

»Ich auch nicht«, sagte der Junge und grinste. Dann

trat er einen Schritt auf Ximena zu und fasste den Saum ihres Hemdes. »Gib mir das, wir hängen es auf und trocknen es.«

Da stand Pablo auf und ballte die Fäuste. »Fass sie nicht an!«, sagte er grimmig.

Und in diesem Moment fühlte er sich als echter Abenteurer, Degen und Silbersporen hin oder her, denn er war es, der die anwesende Senhorita verteidigte, und er würde sie verteidigen bis zum letzten Blutstropfen, genau wie in den Geschichten, die Miguel ihm manchmal vorgelesen hatte.

»Er hat recht«, sagte Ximena und dann zog sie ihr Hemd aus und Pablo begriff, dass sie meinte, dass der Junge recht hatte. Drei Sekunden später folgte Ximenas Hose und dann war sie so nackt wie der Junge. Den Strohhut hatte sowieso der Fluss mitgenommen.

»Aber …«, begann Pablo und spürte, dass er rot wurde. »Du kannst doch nicht …«

»Ach, komm schon, sei kein Feigling«, sagte die Senhorita, die er eben noch hatte verteidigen wollen. »Gib schon her, deine nassen Sachen. Sieht dich doch keiner hier im Wald.«

Pablo knurrte und schälte sich aus seinen Kleidern. Das alte Hemd riss dabei an einer Seite mehrere Handbreit ein und er fluchte leise.

»Ich bin Davi«, sagte der Junge. »Benannt nach dem

großen Mann Davi Kopenawa, der schon in einem fliegenden Zeug saß und das große Waldland verlassen hat.«

»Ximena«, sagte Ximena feierlich und verbeugte sich.

»Pablo«, knurrte Pablo. »Und das da ist … Hund.«

»Wir sind die …«

»… Furchtlosen Drei vom Rio Negro«, sagte Davi und verbiss sich offenbar ein Lachen. »Das habe ich schon gehört. Ihr habt es der alten Ana im schwimmenden Haus erzählt. Und den Leuten im Stelzendorf und alle am Fluss reden von dem weißhäutigen Mädchen, das die Kleider eines Jungen trägt, aber seinen Strohhut abgenommen und sein Haar gezeigt hat. Ihr sucht euren Freund, Miguel. Ihr seid inzwischen bekannt wie grüne Jaguare hier am Fluss. Es ist wirklich höchste Zeit, dass ihr verschwindet. Kommt.«

Damit hängte er die Kleider, die sie ihm gegeben hatten, kurzerhand auf einen langen Ast, den er sich über die Schulter legte, als wären diese Kleider erlegte Tiere. Ximena folgte ihm und da blieb auch Pablo nichts übrig, als zu folgen – mitten hinein in die Schwärze, mitten hinein in den nächtlichen Amazonas, eine fremde Welt voller Rascheln und Huschen und Fauchen, voller Leben, das man nicht sah.

»Ist das eine gute Idee?«, flüsterte Pablo. »Wo bringt er uns hin? Was bedeutet es, wenn er uns verschwinden lässt? Sollten wir nicht lieber …«

»Er hat uns gerettet«, wisperte Ximena.

»Und wenn er uns gerettet hat, so wie man sein Abendessen rettet?«, wisperte Pablo unbehaglich. »Ich meine, wir wissen nichts über die Gewohnheiten dieser Menschen. Ich glaube nicht, dass sie alle immerzu romantisch ums Feuer tanzen und über das Leben philosophieren.«

»Dafür glaubst du, sie sind dumme Wilde und essen Straßenkinder aus Manaus am Spieß?«, zischte Ximena. »Ich glaube, es ist richtig zu verschwinden. Wenn alle in der Gegend wissen, dass wir hier sind.«

»Wenn du deinen Hut nicht abgenommen hättest, wären wir nicht so auffällig und niemand hätte sich überhaupt für uns interessiert«, sagte Pablo. »Wenn unsere Freunde mit den schönen cremefarbenen Anzügen jetzt hier nach uns suchen, ist das nicht meine Schuld.«

»Ich würde vorschlagen, ihr streitet euch morgen weiter, denn hier ist ein guter Schlafplatz«, sagte Davi. Er war stehen geblieben. »Wir haben einen weiten Weg vor uns und Nicht-Wald-Leute haben keine starken Beine, also sammelt besser eure Kraft für morgen.«

Pablo begriff nicht, warum der Platz, an dem sie standen, besser zum Schlafen geeignet war als jeder andere, aber dann sah er, wie Davi in seine Umhängetasche griff – er musste sie aus dem Wasser gerettet haben und offenbar hatte er sie bis hierher getragen. Er zog die Hängematte heraus und schlang die Seilenden mit ein paar geschickten Bewegungen um zwei Bäume, die in perfektem Abstand zueinanderstanden. »Bitte sehr. Platz genug für den Hund und euch. Auf dem Boden sind zu viele kleine Waldleute.«

»Kleine … Waldleute?«

»Ameisen, Käfer, Spinnen … und dann noch die langen Waldleute«, sagte Davi. »Ihr nennt sie Schlangen.«

Ximena nickte und ließ sich in die Hängematte fallen. »Danke fürs Aufhängen. Aber … wo schläfst du?«

Davi grinste und kletterte ameisenschnell auf einen dickeren Baum direkt neben ihnen. Sein erster Ast befand sich in schwindelnder Höhe, aber er saß bereits dort, zwischen Baumorchideen und Farn, und baumelte mit den Beinen. »Hier«, sagte er von oben. »Hier

ist es ganz schön.« Der Hund sprang zu Ximena in die Hängematte und Pablo knurrte und quetschte sich an den Rand. Er war ganz froh, dass der Hund zwischen ihnen lag, denn noch immer hatten sie nichts an. Der Stock mit ihren nassen Kleidern steckte jetzt neben der Matte im Boden.

Wenn es nicht so dunkel gewesen wäre, wäre Pablo vor Peinlichkeit wahrscheinlich gestorben.

Oben im Baum keckerte jetzt etwas aufgeregt und Pablo fuhr zusammen. »Was … was war das?«

»Nur mein Affe«, sagte Davi. »Ein Totenkopfäffchen. Er ist vorausgegangen. Durch die Äste.«

Dann gähnte er und dann hörte man noch ein leises Gähnen, wahrscheinlich von dem Affen.

Aber da schlief Pablo schon fast.

Am nächsten Morgen weckte Ximena ihn. Sie hatte zum Glück etwas an. Pablo setzte sich schlaftrunken auf – und merkte, dass er nichts anhatte. Ximena hielt seine Sachen in der Hand.

»Hier, sie sind fast trocken«, sagte sie und Pablo schnappte sich Hemd und Hose und schlüpfte so schnell hinein, wie er konnte. Davi schüttelte nur den Kopf.

»Es ist zu heiß für Kleider«, sagte er. »Ich verstehe die Leute aus der Stadt nicht. Was ist verkehrt mit der Haut, die wir haben? Diese dreckigen Fetzen, die ihr da anhabt, sind wirklich nicht schöner.«

Das Totenkopfäffchen, das eigentlich nicht aussah wie ein Totenkopf, saß jetzt auf seiner Schulter und Davi fütterte es mit einer Banane.

Dann fütterte er Pablo und Ximena ebenfalls mit Bananen.

Das hieß: Er gab sie ihnen, mit der Bemerkung, er hätte sie »kurz geholt«.

»Wachsen die hier einfach so?«, fragte Ximena.

»Alles auf der Welt wächst einfach so«, antwortete Davi. »Man muss nur wissen, wo.« Er grinste plötzlich. »Es ist wie mit den Kindern aus der Stadt. Die wachsen im Fluss, wie es aussieht, und man braucht sie nur einzusammeln.«

»Im Ernst«, sagte Pablo und räusperte sich. »Was hast du mit uns vor? Du hast gesagt, wir werden heute weit wandern ...«

»Ich bringe euch zu dem Ort, wo sie die Bäume abschlagen«, sagte Davi, wieder ernst. »Da wollt ihr doch hin, oder nicht? Um die Leute zu finden, zu denen der Hund gehört, der Hund heißt.« Er streichelte den Kopf des Hundes und der Hund schmiegte sich an ihn, sah aber misstrauisch zu dem Äffchen auf Davis Schulter empor. Das Äffchen sah ein bisschen aus, als würde es dem Hund die Zunge herausstrecken: Ätsch, schien es zu sagen, ich darf auf seiner Schulter sitzen und du nicht!

»Tiere mögen mich irgendwie«, sagte Davi. »Keine Ahnung, warum, aber ständig läuft mir irgendeins zu.« Er sah von Pablo zu Ximena und zurück. »Ihr müsst sie finden«, sagte er. »Sonst wird niemand sie finden. Sonst sterben sie. Und sonst stirbt unser Wald. Die Erwachsenen sagen, man darf euch nicht in unser Gebiet lassen, ihr solltet uns nicht finden. Sie sagen auch, man kann nichts machen, wenn sie mit den großen Baumfressmaschinen kommen, und dass es besser ist, nicht gesehen zu werden. Sich im Wald zu verstecken. Oder wegzugehen. Nach Norden. Wenn das Wasser kommt und alles verschluckt.«

»Aber …«, begann Ximena.

»Genau: aber«, sagte Davi. »Aber ich werde nirgendwohin gehen. Das große Waldland gehört den Baumfressmaschinenlenkern nicht. Es gehört auch nicht dem Mann mit dem hellen Anzug. Es gehört nur sich selbst. Und wir werden ihm helfen. Die Erwachsenen haben unrecht, man kann natürlich etwas dagegen tun, dass die Kaputtmacher und die Baumfresser kommen. Aber das können bloß wir.«

»Wir?«, fragte Pablo.

»Ja.« Davi sah ihn eindringlich an, seine Augen waren braun und warm und entschlossen.

»Weil wir Kinder sind. Kinder sind schlauer. Kinder denken anders als die Erwachsenen, deshalb können wir sie überlisten. Und deshalb werde ich euch helfen, auch wenn die in meinem Dorf mir verboten haben, mit euch zu sprechen. Los jetzt. Gehen wir.«

Das war eine richtige kleine Rede gewesen, und als sie wieder hinter Davi her durch den Urwald wanderten, fühlte Pablo sich seltsam feierlich.

Davi hatte recht.

Vielleicht war er doch in Ordnung.

»Hast du gesehen, was mit den Studenten passiert ist?«, fragte er.

»Nein«, sagte Davi. »Ich habe gesehen, wie sie ihre Plakate hochgehalten und Sachen gerufen haben, auf dem Gelände der Baustelle. Und wie sie dann in den Urwald dahinter gegangen sind, vielleicht um nachzusehen, wie viel Wald noch zum Fällen markiert ist? Danach hat niemand sie gesehen. Aber sie müssen irgendwo sein. Und jetzt – pssst!« Er drehte sich zu Pablo um und legte einen Finger an den Mund. »Wenn man sehen und hören will im Wald, muss man ungesehen und ungehört bleiben.«

So wanderten sie schweigend weiter, am Fluss entlang, der irgendwo hinter den Bäumen ab und zu durchblitzte. Und Pablo versuchte, nicht auf Äste und welke Blätter zu treten, die knackten und knisterten – was nicht leicht war, denn der Boden bestand eigentlich aus Ästen und welken Blättern. Ab und zu kreuzte eine Ameisenstraße ihren Weg, über die Davi mit einem großen Schritt hinüberstieg. Manchmal hörten sie von Ferne das Gebrüll von Affen und ab und zu flog irgendwo ein Vogel auf, aber sie sahen keines dieser Tiere, sie hörten sie nur. Alles, was sie sahen, war das Grün der tausend Sorten Blätter, Grün, Grün, Grün, das das geheime Leben gut verbarg.

Und dann lag mitten in dem Grün etwas Rotes. Pablo erschrak, er wäre beinahe daraufgetreten. Ximena und Davi, die vor ihm gingen, hatten das Rote nicht gesehen und zuerst dachte er, es wäre ein Tier, vielleicht ein Urwaldfrosch, halb versteckt unter dem Laub.

Er bückte sich, um das Laub beiseitezuschieben, denn er wollte den Frosch sehen. Abenteurer sind immer auch Entdecker und Forscher, das hatte Miguel gesagt, sie interessieren sich für alles in ihrer Umgebung und später schreiben sie Bücher darüber.

Pablo schob also die Blätter beiseite – und da glänzte ihm Glas entgegen. Glas in einem runden roten Rahmen.

Eine Brille.

Er hob sie auf und wischte sie an seinem Hemd ab.

Er kannte nur eine Person, die eine Brille mit so kleinen runden Gläsern und einem so leuchtend roten Rahmen besaß.

»Miguel«, rief er und da drehten Davi und Ximena sich um und kamen zurück und Pablo stand mit der Brille mitten im Grün und spürte, wie Tränen in seine Augen stiegen.

»Miguel«, wisperte er noch einmal. »Sie gehört Miguel. Unserem Freund. Dem Studenten. Deshalb! Deshalb war seine Botschaft so … krakelig! Weil er seine Brille nicht hatte!«

»Sie sind also hier durchgekommen«, flüsterte Ximena aufgeregt. »Das ist es! Das ist unsere Spur! Wir müssen gar nicht bis zu dieser Baustelle. Wir müssen dieser Spur folgen!«

»Aber was, wenn er die Brille verloren hat, bevor sie überhaupt bei der Baustelle waren?«, fragte Pablo.

»Nein«, sagte Davi. »Die Studenten sind mit Booten gekommen. Man sagt, sie wären mit einem Bus bis zum Ende der Straße gefahren und da in Boote gestiegen. Jedenfalls sind sie mit Booten gekommen, zu Fuß dauert es viel zu lange für jemanden, der nicht weiß, wie man im Wald die Wege findet.« Er wiegte nachdenklich den Kopf. »Also haben sie sie hier entlanggebracht. Aber das ist komisch. Es ist noch ein weiter Weg bis zur Baustelle und eigentlich sind sie auf der anderen Seite in den Urwald verschwunden. Na gut. Sie haben sie also zurückgebracht. Zurück, hier entlang. Aber dann suchen wir in der falschen Richtung …«

»Wer sagt denn, dass Miguel die Brille selbst verloren hat?«, fragte Ximena und hob einen Zeigefinger. »Lass uns denken wie echte Detektive. Ich meine, wir sind Detektive.«

»Wir sind was?«, fragte Davi.

»Detektive. Schlaue Menschen, die immer alles genau untersuchen und alles wissen wollen und alle Rätsel lösen. Und die für Gerechtigkeit sorgen.«

»Also Kinder«, sagte Davi. »Aha.«

»Was ich sagen wollte – vielleicht hat Miguel die Brille nicht verloren. Sondern jemand anderes hat sie verloren. Jemand, der sie ihm vorher weggenommen hat«, sagte Ximena. »Und nur der ist hier entlanggegangen.«

»Oder jemand hat die Brille extra hierhingelegt, damit wir sie finden und denken, sie wäre eine Spur«, fügte Pablo nachdenklich hinzu. »Jemand, der weiß, dass wir hier sind. Es könnte auch eine Falle sein.«

»Es gibt sowieso keine Spur«, sagte Davi. »Also, ich

meine, es gibt diesen großen Weg hier, am Fluss entlang, auf dem wir gehen, auf dem können sie oder jemand in die eine oder andere Richtung gegangen sein. Aber es gibt keine Spur, die hier in den Wald abbiegt.«

Pablo sah nicht einmal den »großen Weg« am Fluss entlang. Er hatte gedacht, sie würden sich einfach ohne Weg durchs Unterholz bewegen. Er warf Ximena einen Blick zu und sie sah so ratlos aus wie er.

»Wie würde denn eine Spur aussehen, die abbiegt?«, fragte er vorsichtig.

»Oh, geknickte Äste, grüne, noch nicht welke Blätter auf dem Boden, die versehentlich abgerissen wurden … solche Dinge eben«, sagte Davi. »Lernt ihr so was nicht in der Stadt? Ich meine, wie sehen Spuren denn bei euch aus?«

»Abdrücke von Schuhsohlen im Schlamm«, sagte Ximena. »Zum Beispiel.«

»Schuhsohlen.« Jetzt war es Davi, der ratlos aussah.

Wusste er nicht, was Schuhe waren? Doch ehe Pablo es ihm erklären konnte, drangen auf einmal Geräusche durchs Unterholz. Da waren Stimmen, hinter ihnen, fern noch. Schritte. Gelächter.

»Zwei Männer«, flüsterte Davi. »Weiße Männer. Hungrig. Wie Raubtiere. Gefährliche Männer.«

Die Stimmen waren jetzt schon erschreckend nahe, die Männer bewegten sich rasch, sie achteten nicht darauf, besonders leise oder vorsichtig zu sein. Davi teilte ein paar Lianen wie einen Vorhang und sie schlüpften hindurch. »Aber wir sollten wissen, was sie sagen und wer sie sind«, wisperte er. Dann begann er, mit seinem Affen auf der Schulter auf einen Baum zu klettern, und Pablo nickte Ximena zu. Sie nickte ebenfalls.

Die Furchtlosen Drei würden nicht unten bleiben, wenn es etwas zu erklettern und zu belauschen gab.

Sie griffen nach den Lianen, die den Baum umschlangen, so wie sie es bei Davi gesehen hatten, denn Äste hatte der Baum hier unten nicht, und so hangelten sie sich an dem dicken, von tausend Pflanzen bewachsenen Stamm empor. Es war nicht leicht, ein paar Mal rutschten sie fast ab, aber sie schafften es. Erst als sie oben neben Davi auf dem ersten Ast saßen, einem stammdicken Monstrum von einem Ast, merkte Pablo, dass sie jemanden vergessen hatten.

Der Hund stand noch unten neben dem Baum, sah zu ihnen auf und winselte.

»Verflixt«, flüsterte Pablo. »Was machen wir mit ihm?«

Die Schritte und die tiefen Stimmen waren schon ganz nah.

Der Hund stützte die Vorderpfoten an den Stamm des Baumes und kratzte daran.

»Wir holen ihn rauf«, wisperte Davi. Er setzte das Totenkopfäffchen auf Ximenas Schulter, wo es anfing, ihre

Haare zu kämmen, packte eine dünne Liane, zog sie auf den Baum hinauf und legte sie zu einer Schlaufe – dünn bedeutete, dass sie nicht so dick war wie ein Erwachsenen-Bein.

»Festhalten«, flüsterte er und Ximena und Pablo hielten die Liane fest. Davi setzte sich hinein wie in eine Schaukel. »So, und jetzt lasst mich runter.«

»Okay, langsam und vorsichtig«, wisperte Ximena.

»Nein, schnell und wagemutig«, wisperte Davi und grinste. »Wir haben keine Zeit.«

Er hatte recht, die Stimmen waren jetzt so nah, dass man einzelne Worte verstehen konnte. Es waren keine schönen Worte. Einer der Männer fluchte über die Hitze.

»Eins, zwei …«, begann Ximena.

»… drei«, sagte Pablo und sie ließen, Arm über Arm, die Liane mit Davi darin nach unten. Als er unten war, brauchte er nur einmal kurz auf seine Oberschenkel zu klopfen, schon sprang ihm der Hund auf den Schoß und leckte sein Gesicht ab. Aber der Hund war kein Schoßhund. Er war viel zu groß. Davi schlang einen Arm um ihn und hielt ihn mühsam fest, während er sich mit der anderen Hand an der Lianenschaukel festkrallte.

»Außerdem ist mir dieses Stück Wald nicht geheuer«, sagte eine der näher kommenden Stimmen. »Irgendwo schleichen die Unkontaktierten rum, wetten? Mir sind Indios lieber, die ich sehen und beseitigen kann. Ich mach drei Kreuze, wenn unser Job hier zu Ende ist. Wer sagt überhaupt, dass …«

Pablo und Ximena zogen mit aller Kraft, es war nicht leicht, aber sie schafften es, und Davi und der Hund schwebten aufwärts, ein seltsames Paar in der feuchten grünen Luft.

»… wir diese Studenten durchfüttern müssen? Ich weiß wirklich nicht, wozu«, fuhr die Stimme fort, noch deutlicher jetzt. »Am Ende werden sie sie sowieso beseitigen. Warum also Geld verschwenden? Warum alle paar Tage der Trip in den Ort für das Maismehl und den anderen Kram? Warum lassen wir sie nicht einfach hungern? Denen geht es viel zu gut, das will ich dir mal sagen.«

»Ja, Mist, und jetzt auch noch diese Kinder im Wald«, sagte der andere Mann.

Davi und der Hund waren fast oben.

Und dann blieben die Männer stehen, direkt unter dem Ast, auf dem Pablo und Ximena saßen, denn dieser Ast ragte über den Weg, der am Ufer entlanglief und den man eigentlich nicht sah.

»Und dann der Alte, der immer so freundlich mit uns tut und so klug daherredet«, sagte der erste und erschlug eine Mücke in seinem Nacken. Beide Männer trugen Strohhüte und schleppten Rucksäcke, sie waren abgerissen und nicht gerade frisch gewaschen und gingen gebückt unter dem Gewicht der Rucksäcke. Jetzt setzten sie

sie ab und einer holte eine Wasserflasche heraus, aus der sie tranken. »Ich sag dir, die hätten den Alten gleich vor Ort in Manaus erledigen sollen«, sagte der eine. »Statt den auch noch hier rauszubringen. Aber die Herren machen sich natürlich die Hände nicht schmutzig. Und die Anzüge müssen auch schön hell und sauber bleiben.«

Davi saß jetzt endlich neben Pablo und Ximena auf dem Ast und auch der Hund saß dort, ängstlich witternd. Pablo half Davi, ihn festzuhalten. Der kleine Affe probierte, ob man Ximenas feines Haar essen konnte wie Zuckerwatte.

»Und dann muss natürlich unser Boot kaputtgehen und wir müssen laufen. Und zu allem Überfluss tauchen auch noch diese Kinder auf«, sagte der andere Mann. »Aber eins sag ich dir, wenn wir die finden, füttere ich die nicht auch noch durch! Die machen wir direkt kalt, ehe uns jemand sagen kann, dass wir sie zu den anderen bringen müssen.«

Und er zog eine Pistole aus seinem Gürtel und ließ sie um seine Hand kreisen wie ein Held in einem Western. Vielleicht wäre er gerne so einer gewesen. Er sah aber mehr aus wie ein Bettler als wie ein Held, seine Wangen stoppelbärtig und eingefallen, seine Haut ungesund blass.

»Das kannst du nicht machen, das eine ist die Enkeltochter des Silberbarons«, sagte sein Kollege, der ungefähr genauso ungesund aussah und lachte.

»Ach, der Silberbaron. Na, der hat auch bessere Zeiten gesehen«, sagte der andere. »Seit der Sache mit seinem Sohn geht es mit dem doch sowieso bergab. Und vielleicht haben sich die Kinder ja schon selbst beseitigt. Du hast das Boot gesehen, wie es zurückgeschwommen ist. Umgedreht und leer. Und den Strohhut auf dem Wasser. Wenn du mich fragst, die Kinder sind tot.«

»Friede ihrer Asche«, sagte der erste und schlug ein Kreuz.

»Nix Asche, die haben die Kaimane gefressen«, sagte der zweite und lachte leise.

»Mach keine blöden Witze, ich habe auch Kinder«, sagte der erste. »Vier Stück. Das kleinste habe ich nie gesehen, muss inzwischen ein Jahr alt sein, ich hab seiner Mutter versprochen, wenn ich zurückkomme, bin ich reich … Damals dachte ich, du musst das Gold nur aus den Flüssen fischen und fertig. Ich sag dir eins, wenn das hier vorbei ist, geh ich nicht wieder dahin. Du kannst ohne mich weiter Gold waschen. Ich gehe nach Hause zu meiner Familie.«

»Na, nu werd nicht gleich sentimental«, sagte der zweite. »Wenigstens gibt es Geld für diesen Job.«

»Goldwäscher«, flüsterte Pablo. Er musste das Wort einfach laut aussprechen, es war so ein schönes, abenteuerliches Wort. »Das sind Goldwäscher! Aber im Moment arbeiten sie für …«

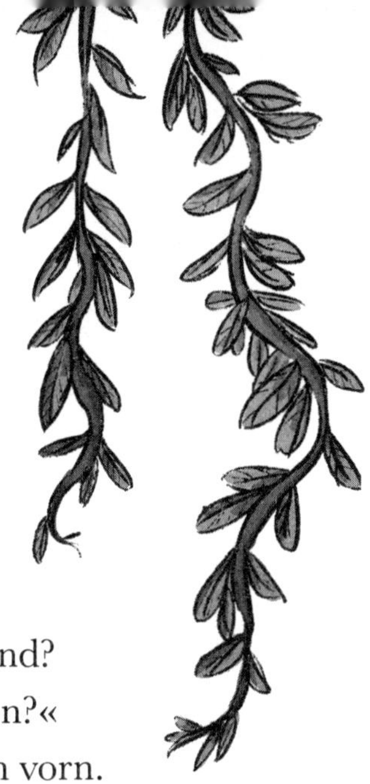

»Ssst!«, machte Ximena, vielleicht ein wenig zu laut, und legte einen Finger an die Lippen.

Und da, genau da, hoben die Männer die Köpfe. »Da war doch was«, sagte der eine und umfasste die Pistole fester, zielbereit. »Hier ist jemand. Jemand hat geflüstert. Ein Kind.«

»Was, wenn die Kinder doch nicht tot sind? Wenn sie hier sind? Wenn sie uns verfolgen?«

Die Männer sahen sich um. Sahen nach vorn. Sahen nach hinten. Nach rechts. Nach links.

Jetzt gab es nur noch eine Richtung, in die sie sehen konnten. Nach oben.

Und sie hoben ganz langsam die Köpfe …

Ximena schlug eine Hand vor den Mund. Pablo hielt die Luft an.

Und da sprang etwas vom Baum. Aus großer Höhe.

Pablo begriff erst, was geschehen war, als er die Gestalt zwischen den Männern im Laub landen und abrollen sah. Es war Davi.

Die Männer starrten verblüfft den kleinen Körper an, der da plötzlich neben ihnen auf dem Boden lag. Davi lag ganz still auf dem Teppich aus welkem Laub und Pablo erschrak. Wortlos griff er nach Ximenas Hand. Sie drückte die seine.

Da regte sich Davi, ganz langsam. Und dann – dann stand er plötzlich wieder auf beiden Beinen. Und öffnete den Mund und begann, in einer völlig unverständlichen Sprache auf die beiden Männer einzureden.

Einer der Männer packte ihn und hielt ihn hoch. »Sieh an, sieh an, einer von den Indios ist uns also zugelaufen. Oder besser: zugefallen«, sagte er. »Hör mal, du kleiner Affensohn. Wo ist der Rest deiner Bande? Wir mögen es gar nicht, wenn man um uns herumschleicht. Also zeig uns dein Dorf, damit wir deinen Leuten höflich Guten Tag sagen können. Dann tun wir dir nichts.«

Davi presste die Lippen aufeinander und schwieg.

Der Mann hielt ihm die Pistole unters Kinn. »Na, wird's bald? Oder bist du zu blöd? Mama, Papa. Du. Dorf. Wo?«, fragte er und machte eine weit ausladende Geste.

Da hob Davi langsam den Arm und zeigte in den Wald, genau vom Fluss weg.

»Dann machen wir wohl einen kleinen Umweg«, knurrte der Mann mit der Pistole. »Wir werden deinem Dorf einen Besuch abstatten, hörst du? Lange gibt's dieses Dorf sowieso nicht mehr. Aber es ist besser, denke ich, die Leute vorher zu … entfernen.« Er schien zu grinsen. »Sonst kommen die noch auf die Idee, sich zu beschweren und einen Wirbel zu veranstalten wie diese Studenten.«

Damit holte der Mann aus seiner Tasche ein langes Seil und band Davi damit die Hände zusammen, während der andere ihn festhielt. Das Ende des Seils behielt er in der Hand.

»Los! Führ uns hin!«

Davi hatte alles mit sich geschehen lassen, ohne sich zu wehren. Und jetzt ging er brav voraus, weg vom Weg, ins tiefe Unterholz, und zog die beiden Männer mit sich.

»Verrückt. Er ist runtergesprungen, um die Männer abzulenken«, sagte Pablo. »Damit sie uns nicht sehen. Er hat uns vermutlich schon wieder das Leben gerettet.«

Das Äffchen auf Ximenas Schulter gab einen Klagelaut von sich wie ein Kind.

»Keine Angst!«, meinte Ximena, doch ihre Stimme zitterte. »Wir … wir befreien Davi wieder. Wir sind die Furchtlosen Drei vom Rio Negro. Wir müssen diesen Verbrechern heimlich folgen.«

Pablo streichelte den Hund, der ängstlich neben ihnen saß. »Und wie«, fragte er, »bekommen wir den Hund wieder vom Baum?«

NEUNTES KAPITEL,

in welchem es um Torte geht und mitten im Urwald geangelt wird

Am Ende holten sie Tom Weißfeders Hängematte aus der Umhängetasche und knoteten sie an die Liane. Dann verfrachteten sie den Hund in die Hängematte und ließen ihn langsam hinunter.

Es sah beeindruckend aus, wie der riesige graue Hund in der grünen Hängematte abwärtsschwebte, vor allem deshalb, weil ein Äffchen auf seinem Kopf saß.

»Das könnte eine Szene aus einem echten Abenteuerbuch sein«, sagte Pablo und seufzte.

»Wir sind echte Abenteurer«, sagte Ximena. »Die Furchtlosen Drei.«

Und sie schenkte ihm ein so strahlendes Lächeln, dass er wusste, alle Streitigkeiten waren vergessen. Das war gut, im Urwald musste man zusammenhalten.

»Ich bin der Meinung, im Moment sind wir die furchtlosen Vier«, sagte Pablo und deutete auf das Totenkopfäffchen, das jetzt auf dem Urwaldboden irgendetwas suchte. »Und wir sollten uns was ausdenken, um den fünften zu befreien.«

Es war gar nicht leicht, vom Baum herunterzukommen, rauf war einfacher gewesen. Die Tiefe schien an ihnen zu ziehen und mehr als einmal war Pablo sicher, er würde fallen.

Aber Davi war gesprungen. Wie konnte er gesprungen sein, von so hoch oben, und sich nicht verletzt haben? Es war ein Wunder, genau wie die Tatsache, dass er hier im Nichts Wege fand.

»Ich finde hier garantiert keinen Weg«, sagte Pablo. »Alles sieht gleich aus. Grün. Los, wir müssen den Männern nach. Ich höre sie noch, aber wenn wir sie nicht mehr hören, sind wir … verloren.«

»Ein sehr abenteuerliches Wort«, sagte Ximena und lachte. »Verloren im Amazonas.«

Aber Pablo war gar nicht nach Lachen zumute. Zu unendlich, zu dicht war das Grün um sie, und wenn sie nicht aufpassten, das wusste er, würde es sie verschlucken und sie würden nie wieder hinausfinden.

Für Ximena war alles ein Spiel, sie hatte nie ernsthafte Gefahr kennengelernt und so erkannte sie sie nicht. Er würde auf sie aufpassen müssen.

Er klopfte auf seinen Oberschenkel und der Hund

verstand und kam und hielt sich dicht neben ihm. Das Äffchen bevorzugte Ximenas Kopf. Diesmal kämmte es ihr Haar mit einer großen, vertrockneten Samenschote, die es gefunden hatte. So wanderten sie los, den Stimmen nach.

Sie schlüpften unter Ästen voller Dornen hindurch, zwängten sich durchs Gebüsch, kletterten über umgefallene Stämme und dabei lief ihnen der Schweiß in Strömen übers Gesicht, denn hier im Wald war es absolut windstill.

»Meinst du, Davi führt sie wirklich zu seinem Dorf?«, wisperte Pablo nach einer Weile. »Ich glaube nicht, dass sie dort etwas Gutes vorhaben.«

»Sie werden dort nicht ankommen«, flüsterte Ximena. »Wir befreien Davi vorher. Wir müssen sie irgendwie ablenken und dann laufen wir mit ihm weg.«

Pablo seufzte. »Sie haben eine Pistole. Das hier ist nicht irgendein Spiel, das wir auf einer Geburtstagsfeier im Silberhaus spielen. Es ist echt. Wir können nicht hinlaufen und ›Buh!‹ schreien.«

»Ich hatte nie Geburtstagsfeiern mit Spielen«, sagte Ximena, und als sie ihn ansah, waren ihre hellen Augen

dunkel. »Der Silberbaron spielt nicht. Ich denke nicht gerne an Geburtstage. Als ich klein war, hatte ich Angst davor. Ich musste an dem langen Tisch im Esszimmer sitzen, in einem schönen Kleid, und ein Stück Torte essen, und die Torte sah immer wunderhübsch aus, mit Zuckerguss und mehreren Stockwerken, aber ich konnte sie nicht essen, ohne zu krümeln, und mein Großvater sah mich die ganze Zeit mit seinem ernsten Blick an. Und dann schmeckte die Torte immer salzig.«

»Salzig?«, fragte Pablo.

Ximena nickte. »Ich glaube, ich habe geweint. Ich musste immer an die Geschichten denken, in denen die Eltern mit ihren Kindern feiern und lustige Dinge machen. Und ihnen lustige Dinge schenken. Mein Großvater hat mir jedes Jahr ein Schmuckstück geschenkt. Es war immer in einer wunderschön verpackten Box und ich habe es ausgepackt und in eine andere Box in meinem Zimmer gelegt, eine, die für Schmuck da war. Aber gespielt … gespielt hat er nie mit mir. Wenn ich selbst gespielt habe, war ich immer zu wild.«

»Oh«, sagte Pablo nur. Er hatte nie einen Geburtstag gefeiert. Aber es hatte ihm auch nie jemand verboten, zu spielen oder wild zu sein.

»Aber ich habe trotzdem gespielt, leise«, sagte Ximena und lachte plötzlich. »Weißt du, was, einmal bin ich an meinem Geburtstag nach dem Tortenessen bis ganz nach oben auf das riesige Bücherregal geklettert und dann habe ich das Angelspiel gespielt. Ich kannte es aus einem Buch. Alle Kinder sitzen um eine Schale und angeln mit Schnüren und Haken gebastelte Fische aus der Schale und an einem Fisch ist ein Schatz befestigt. Schokolade oder so. Ich habe gewartet, bis mein Großvater in der Bibliothek saß, und dann habe ich geangelt. Ich hatte mir selbst eine Angel gebaut, aus einer langen Schnur und einer verbogenen Haarnadel, die ich meinem Kindermädchen geklaut hatte.«

»Was hast du geangelt?«

»Die Brille von meinem Großvater«, sagte Ximena und grinste von einem Ohr zum anderen und zurück. »Und das Beste war, er hat es erst gar nicht gemerkt. Er war so vertieft in die Zeitung, die er las. Aber er hat sich gewundert, dass er nicht mehr so gut lesen konnte …« Sie kicherte. »Pablo«, flüsterte sie dann. »Ich weiß, wie wir die Männer ablenken.«

Endlich, endlich machten die Männer eine Pause, setzten sich auf einen umgefallenen Baum, packten Tortillas aus und begannen zu essen. Pablo merkte, wie sein Magen knurrte.

»Da«, sagte der eine Mann, der eine sanftere Stimme hatte. »Iss was, Junge.« Und er rupfte ein Stück von seiner Tortilla und hielt sie vor Davis Gesicht. Davis Hände waren ja immer noch gefesselt und der Mann hätte ihm die Tortilla vielleicht einfach in den Mund gesteckt, aber Davi drehte sich weg.

Der andere Mann lachte. »Spar dir deine Mühen«, sagte er. »Wilde essen keine Tortillas. Wahrscheinlich ist er rohes Fleisch oder Larven gewohnt. Na, Kleiner? Sollen wir dir ein paar Käfer sammeln?«

Davi schwieg verbissen.

Pablo ballte die Fäuste. Sie saßen im Unterholz, hinter einer Wand aus grünen Blättern, und dabei waren sie den Männern so nahe, dass sie ihren Schweiß riechen konnten. Und ihre Angst.

Wirklich, er roch ihre Angst.

Ihre Angst vor der grünen Welt, in der alles lauern konnte. Es war die gleiche Angst, die auch Pablo gespürt hatte – und in dem Moment, in dem er das dachte, war seine eigene Angst vor dem Urwald plötzlich vollkommen verschwunden.

Der Urwald verbarg sie wie ein Freund, dachte er. Er half ihnen.

»In den Rucksäcken ist noch jede Menge Essen«, sagte der Mann, der gelacht hatte, zu Davi. »Aber das ist leider nicht für dich, Kleiner, sondern für die Studenten. Weißt du, die Studenten – die haben sich mit unserem Chef angelegt und nun sitzen sie gefangen im Dunkeln, die Armen. Haben seit zwei Wochen kein Sonnenlicht gesehen. Und weißt du, Kleiner, wir könnten sie da verhungern lassen, wenn unser Chef nicht anderer Meinung wäre. Was ich damit sagen will: Besser, du und die Leute aus deinem Dorf gehorchen uns, wenn wir bei euch ankommen, und ihr macht keine Schwierigkeiten. Ihr wollt doch nicht in einem dunklen Loch enden.«

»Sie können da keinen mehr hineinwerfen, es ist sowieso nicht genug Platz«, sagte der sanftere Mann.

Der grimmige lachte wieder. »Nicht, solange die in dem Loch noch leben. Tote kann man stapeln. Viiiiel praktischer.«

Endlich drehte Davi den Kopf wieder. »Was für ein Loch?«, fragte er.

»Er spricht ja doch portugiesisch!«, sagte der erste Mann verwundert und lachte. »Oh, ein ganz besonderes Loch! Ein Loch mit einem hübschen Vorhang aus Silberfäden und blauen Mustern. Wahrhaftig, wie das Kleid einer Senhora beim Tanz. Aber niemand kann dieses Kleid finden, niemand wird je den Vorhang wegziehen, denn es ist ein Vorhang, den man nicht beiseiteziehen kann.« Ein drittes raues Lachen. Es klang wie ein lungenkrankes Krokodil.

Ximena hatte begonnen, langsam rückwärtszukriechen, von den Männern weg, und Pablo nickte still. Der Hund, das Äffchen und er würden hierbleiben, im Verborgenen, um vorzuspringen, wenn es nötig war.

Er sah, wie Ximena vielleicht sechs Meter weit entfernt auf einen Baum kletterte, und dann, wie sie dort oben etwas mit einer Liane tat. Dann schwebte plötzlich etwas über den Männern. Es schwebte von oben herunter wie zuvor der Hund in der Hängematte.

Doch diesmal war es kein Hund. Es war ein bogenförmiges Stück Draht, das zuvor einen Knoten an einer Seite der Hängematte stabil gehalten hatte.

Das Stück Draht verfing sich in einer der weichen Tortillas in der Blechbüchse neben den Männern, spießte sie auf – und dann segelte es davon.

»Hey, Moment!«, sagte der grimmigere Mann und sprang auf. Es war ein wunderbarer Anblick, wie er so dasaß und der davonfliegenden Tortilla nachsah, und

Pablo musste sich das Lachen verkneifen. »Hey!«, rief der Mann noch einmal und griff danach, doch sie hing bereits zu hoch.

»Verdammt, das sind Indios«, sagte der andere, der ängstlichere der beiden, und stand ebenfalls auf. »Da sitzen Indios im Baum. Die machen sich über uns lustig.« Der grimmigere zückte seine Pistole und zielte hinauf in den Baum und da verging Pablo das Lachen. Denn eine Sekunde später hallte ein Schuss durch den Wald und ein Schwarm grüner Papageien flog auf und floh kreischend ins Himmelblau über den Wipfeln.

Aber die Tortilla kümmerte sich nicht um den Schuss, es war eine ausgesprochen furchtlose Tortilla, denn sie wippte nur übermütig an ihrer Liane und sackte etwas tiefer, sodass der ängstlichere Mann sie fast zu fassen bekam. Dann jedoch rutschte sie ihm weg und entschwand wieder in die Höhe.

Und Pablo begriff: Ximena saß nicht auf diesem Baum. Sie musste auf einem anderen sitzen. Sie hatte das Lianenseil über mehrere Äste umgelenkt wie über Rollen. Er hatte nicht gedacht, dass sie so rasch und so gut klettern konnte. »Hört auf damit! Zeigt euch, ihr Feiglinge!«, rief der Mann wütend und schoss noch einmal. Und da verschwand die Tortilla ganz.

»Na wartet, euch finde ich«, fauchte nun der grimmige Mann und dann begann er allen Ernstes, den Baum hochzuklettern, in dessen Äste die Tortilla sich geflüchtet hatte. Er war gar nicht schlecht im Klettern, beinahe war er schon nicht mehr zu sehen zwischen den Blättern.

»Warte!«, rief der ängstliche Mann vom Boden aus. »Lass mich hier unten nicht alleine, wenn da Indios sind, sind es eine Menge, es sind immer eine Menge, auch hier auf dem Boden! Sie kommen nie allein, sie kreisen einen ein und … nun warte doch!«

Damit hangelte sich auch der zweite Mann mühsam zwischen Baumfarn und verholzten Lianen den dicken Stamm empor.

Unten stand neben den beiden Proviantrucksäcken nur noch Davi. Niemand hielt mehr das Seil fest, an dem sie ihn mitgeschleift hatten wie an einer Hundeleine.

»Pssst!«, machte Pablo und da drehte Davi sich um und tauchte ins Unterholz neben Pablo. Pablo hielt das Messer bereits in der Hand, er schnitt die Fesseln an Davis Händen mit einer einzigen Bewegung durch und Davi sagte nichts, auch nicht Danke, aber die Erleichterung auf seinem Gesicht sagte alles.

»Eins noch«, wisperte Pablo und holte ein altes Stück Papier und einen abgekauten Bleistiftstummel aus seiner Hosentasche. Dann kritzelte er etwas auf das Papier, verließ die Blätterdeckung für Sekunden und stopfte den Zettel in einen der Rucksäcke, tief hinein, zu all dem Proviant.

»Halte durch, Miguel«, stand auf dem Zettel. »Wir sind bald da. Dann wird alles gut. Gruß, die Furchtlosen Drei.«

Oben im Baum fluchte jetzt jemand und brüllte etwas von »… haben die verdammte Liane umgelenkt! … gar nicht auf diesem Baum … da drüben! Da müssen sie sein!«

Da liefen Davi und Pablo bereits – fast lautlos – durch den Wald bis zu der Stelle, an der offenbar Ximena auf dem Baum saß, denn es wäre sicher besser, dachte Pablo, sie jetzt herunterzuholen … Und dann teilten sie die Zweige und da war sie.

Nicht auf einem Baum. Sie war zwar hinaufgeklettert und hatte die Liane mehrfach umgelegt, war dann aber wieder heruntergeklettert. Und jetzt grinste sie breit: ein grinsender Engel mit offenem, wildem Haar im grünen Sonnenlicht eines Urwaldtages.

»So«, wisperte sie. »Folgen wir ihnen weiter, wenn sie wieder vom Baum gekrabbelt kommen?«

Pablo schüttelte den Kopf und spürte, wie auch er zu grinsen begann.

»Wir gehen voraus. Als ich eben meinen Zettel in den Rucksack gesteckt habe, ist mir ein anderes Stück Papier … ähm … sagen wir, es ist mir in die Hände gefallen.«

Er hielt das Papier hoch, das mehrfach gefaltet war. »Eine Karte!«, flüsterte Ximena ehrfürchtig. »Warte, hier

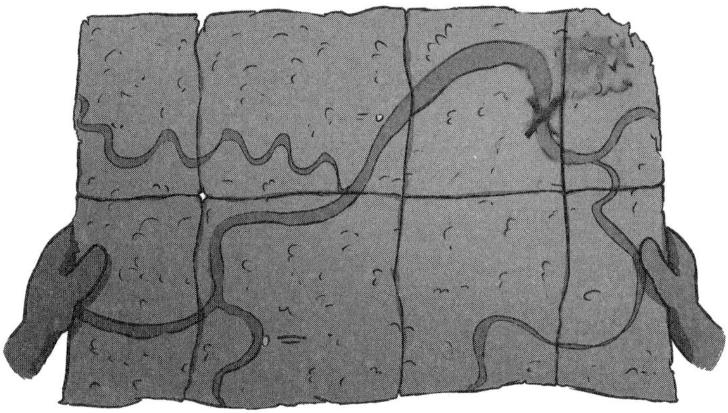

ist der Fluss eingezeichnet, das da muss die letzte große Biegung sein … und hier oben ist ein Fleck voller winziger Schrift, ich kann da nichts lesen, es ist alles verschmiert … aber das muss etwas Wichtiges sein. Der Ort, an den der Staudamm kommt, wahrscheinlich …«

»Und da ist ein Kreuz!«, sagte Pablo. »Ein rotes Kreuz. Das ist der Ort, an den sie den Proviant bringen sollen, wetten?«

»Aber das Kreuz ist quasi im Fluss«, sagte Ximena. »Sie können die Studenten doch nicht im Fluss eingesperrt haben?«

»Nicht, wenn sie leben«, sagte Davi düster.

Der Affe saß wieder auf seinem Kopf und steckte gerade ein paar Blumen in seine Haare.

»Natürlich leben sie, wozu sonst das Essen?«, sagte Pablo. »Gehen wir, solange Ximenas Fang noch im Baum sitzt und nicht auf die Idee kommt, uns zu erschießen. Komm, Hund.«

ZEHNTES KAPITEL,

in welchem der Wald ein Boot schickt, leider aber auch ein Gewitter, und die Furchtlosen Drei eine erstaunliche Entdeckung machen

»In diese Richtung geht es also zu deinem Dorf«, sagte Ximena nach einer Weile.

»O nein«, sagte Davi. »Dachtet ihr, ich bin so dumm, sie wirklich zu meinem Dorf zu führen? In diese Richtung geht es nirgendwohin. Wir machen jetzt einen großen Bogen um die beiden und gehen dann in Richtung der Baustelle. In Richtung des roten Kreuzes auf der Karte.«

»Schade, dass die Tortilla irgendwo oben im Baum hängt«, sagte Ximena mit einem Seufzen. »Ich hab Hunger.«

»Kein Problem«, sagte Davi. Und er bückte sich und grub mit einem Stock ein paar weißliche Wurzeln aus. Sie sahen aus wie lange Würmer. Würmer voller Erde. Er gab Ximena und Pablo je eine Wurzel.

»O danke«, sagte Pablo und bemühte sich, erfreut auszusehen. Er biss ein Stück der Wurzel ab und machte sich auf einen grauslichen Geschmack gefasst – aber die Wurzel schmeckte süßlich und ein wenig nach Kartoffel. »Prima«, sagte Ximena. »Hast du noch welche?«

»Jetzt«, sagte Pablo, »sind wir wirklich echte Abenteurer. Wir leben von dem, was die Natur uns gibt.«

»Nein, ihr lebt von dem, was Davi euch gibt«, sagte Davi. »Kommt weiter.«

Irgendwie hatte Pablo nie gedacht, dass echte Abenteurer so weit wandern mussten. Er hatte sich eher vorgestellt, dass sie auf Pferden durch die Wildnis galoppierten und ab und zu ein stolzes Schiff segelten. Seine Füße schmerzten, er war völlig zerstochen von den Moskitos und der dichte grüne Urwald erschien ihm unendlich. Dann bellte der Hund kurz auf und raste durch die Bäume davon und kurz darauf sah auch Pablo es: Da glänzte Wasser zwischen dem Grün.

»Der Fluss!«, sagte er. »Wir sind wieder am Fluss!«

Als sie ankamen, stand der Hund bereits am Ufer und trank gierig.

Aber das Wasser war nicht breit. Es war ein kleiner Bach. »Nein, zum richtigen Fluss ist es noch ein Stück«, sagte Davi. »Flüsse gibt es viele. Das ist nicht nur das große Waldland, es ist auch das Viele-Wasser-Land. Das

halbe Jahr lang ist hier alles sowieso geflutet, das wisst ihr, oder? Im Moment ist Trockenzeit.«

»Sie bräuchten also gar keinen Stausee zu bauen?«, fragte Ximena. »Das Wasser steigt von selbst?«

»Einmal im Jahr, ja«, sagte Davi. »Aber es ist natürlich nicht so hoch, dass es sich lohnt. Was die wollen, ist ein riesiger, tiefer See, ein Meer im Urwald. Im Hochwasser können die Bäume überleben. In so einem See nicht. Außerdem fällen sie die Bäume sowieso vorher. So verdienen sie doppelt, erst am Holz, dann am Strom.«

»Die Hundesöhne«, sagte Ximena.

Der Hund sah sie vorwurfsvoll an und sie streichelte seinen Kopf. »Nein, nein«, sagte sie. »Ich meinte *die Menschensöhne*, das ist ein viel besseres Schimpfwort. Es sind immer die Menschen, die alles kaputt machen, oder?«

»Die Leute von draußen«, sagte Davi. »Meine Leute machen nichts kaputt. Aber es sind auch die Menschen, die alles reparieren können. Manchmal denke ich, das ist vielleicht so ein Spiel von ihnen, erst kaputt machen, dann reparieren. Und am Ende ist alles wie vorher. Aber sonst wäre ihnen langweilig.«

In diesem Moment hallte ein Donnerschlag durch den Wald und ließ die Luft erzittern, als wollte jemand Größeres Davis Worte bekräftigen. Sie sahen alle nach oben. Über den Baumwipfeln war es dunkel geworden, dicke violettschwarze Wolken zogen heran. Noch ein Donnerschlag.

»Ich hatte mich schon gewundert, gestern hat es gar nicht geregnet«, sagte Davi. »Wahrscheinlich hat es vergessen zu regnen. Und jetzt hat es sich erinnert und holt was nach.«

»Es … regnet doch nicht, es donnert nur«, sagte Ximena unbehaglich.

Der Affe kletterte blitzschnell von Davis Kopf, sprang zu Pablo hinüber und kroch in den Rucksack.

Und dann war es, als drückte jemand einen Knopf und stellte eine Dusche an. Und zwar auf die höchste Stufe.

Das Wasser floss nur so vom Himmel, die Bäume hielten es kaum auf und die drei am Bachufer waren in Sekunden so nass, als wären sie in einen See gesprungen.

Davi schloss die Augen, ließ den Regen über seinen Körper rinnen, öffnete den Mund und trank die Tropfen und er sah glücklich aus.

Pablo fühlte sich nicht glücklich. Er fühlte sich nass und müde und hungrig. Und der Engel neben ihm sah jetzt mehr aus wie eine gebadete Ratte. Auch nicht sehr froh.

Da öffnete Davi die Augen und sah von Pablo zu Ximena zu dem Hund, der den Schwanz eingezogen hatte und sich an Pablo schmiegte, was natürlich nichts nützte.

»Oje«, sagte Davi. »Das ist alles zu viel für euch, was?« Er seufzte. »Stadtleute.« Und dann legte er eine Hand auf Pablos und die andere auf Ximenas Schulter und fügte hinzu: »Aber ich brauche euch. Ohne euch kann ich meine Leute nicht vor dem Stausee retten. Hört zu, ich wollte das nicht, aber wir machen eine Rast. Wir ruhen einen Tag aus und suchen dann weiter. Ich lade euch ein in mein Dorf. Dort ist es trocken und es gibt etwas zu essen und ihr könnt eine Nacht richtig schlafen. Ihr braucht Ruhe.«

»Nein, nein, uns geht's gut«, sagte Ximena. »Wir ...«

»Unsinn«, sagte Davi. »Los. Wir nehmen ein Boot. Dann sind wir schneller. Dieser kleine Fluss führt in Richtung des Dorfs. Vielleicht wusste er, dass ihr müde seid, und er ist gekommen, um euch abzuholen. Er weiß auch, dass ihr wichtig seid für den Wald. Dass ihr ihn retten könnt. Flüsse wissen so was.«

Pablo wollte sagen, dass der Fluss nicht gekommen sein konnte, um sie abzuholen, weil er natürlich immer schon da gewesen war, aber er hatte nicht die Kraft zum Diskutieren.

»Wir haben doch gar kein Boot«, sagte Ximena.

Davi sah sich kurz um, verschwand im Regen und zerrte kurz darauf etwas aus dem Dickicht. Einen toten Baumstamm, nicht besonders dick, gerade so, dass er ihn bewegen konnte. »Jetzt haben wir eins«, sagte er.

Pablo half ihm, den Stamm ins Wasser zu schieben.

»Bitte sehr, aufsteigen«, sagte Davi.

Kurz darauf saßen sie alle auf dem Stamm wie auf einem riesigen Schaukelpferd, ihre Beine hingen links und rechts ins Wasser. Vor Pablo saß der Hund auf dem Stamm und winselte ängstlich und Pablo hielt ihn fest. »Siehst du, jetzt haben wir doch ein Pferd«, sagte er zu dem nassen Hund. »Jetzt geht es schneller. Bald, bald siehst du dein Herrchen wieder, versprochen.«

Davi hielt jetzt einen langen, geraden Ast in der Hand und dann begann er, das Baumstamm-Boot vorwärtszuschieben. Die Strömung half. Sie glitten durch den Regen wie ein merkwürdiger großer Flussfisch. Pablo öffnete den Mund und wollte zu Davi sagen, dass seine Leute doch verboten hatten, dass er sich ihnen zeigte. Dass sie sauer sein würden, wenn er sie stattdessen jetzt mit nach Hause brachte.

Und in diesem Moment drehte Ximena sich um und strahlte Pablo an, durch den Regen.

»Ist es nicht wunderbar?«, fragte sie. »Wir müssen nicht mehr laufen! Irgendwer hat einen Fluss geschickt und ein Boot. Jetzt wird alles gut.«

Da merkte Pablo, wie auch er zu lächeln begann. Sie sah so schön aus, wie sie da mit ihren lichthellen Augen durch die Tropfen lachte, schön wie ein Bild in einer Kirche.

Niemand, auch Davis Leute nicht, dachte Pablo, kann einem nassen Engel den Eintritt verwehren. Sogar die Waldleute, nackt und unwissend, würden auf die Knie fallen und sie für eine Göttin des Waldes halten, die zu ihnen gekommen war, um sie zu retten.

Der kleine Fluss war eine ganz eigene Welt. Es hatte aufgehört zu regnen, große blaue Falter umgaukelten sie. Frösche hüpften erschrocken ins Wasser, wenn sie an ihnen vorüberfuhren, Schatten glitten unter ihnen durch die sanfte Strömung. Aber mit Davi zusammen hatten sie keine Angst. Auf einem dicken toten Ast wuchsen rosafarben blühende Kletterpflanzen wie ein Märchenschleier – doch als sie vorbeifuhren, regte sich etwas inmitten der Blüten: Eine armdicke grüne Schlange lag dort, ordentlich zusammengerollt wie ein Tau. Aber jetzt war sie aufgewacht und glitt in die tieferen Schatten des Unterholzes.

»Schön«, hauchte Ximena. »Wunderschön!«

»Ja, sehr hübsch rosa, die Blüten«, sagte Pablo leichthin.

»Ich meinte eigentlich die Schlange«, sagte Ximena. »Ich liebe Schlangen. Unsere Haushälterin hat einmal gesagt, mein Vater hätte früher Schlangen gehabt, im Garten des Silberhauses, in einem Terrarium. Als Junge. Ich glaube, er hat sie heimlich dorthin gebracht … Aber dann hat mein Großvater gesagt, sie soll nicht davon sprechen. Sie sprechen nie über meinen Vater.« Sie seufzte. »Was ist der graue Klumpen da oben im Baum? Ein Wespennest? Oder eins von Termiten?«

Davi lachte. »Der graue Klumpen«, sagte er, »ist ein Faultier.«

»Aber … es bewegt sich überhaupt nicht!«, meinte Ximena erstaunt.

»Eben«, sagte Davi.

Die Dämmerung sank um sie herum auf den Wald hinab, winzige silberne Fische sprangen auf der Suche nach ihrem fliegenden Abendbrot in die Luft und auf einmal war ihr Boot von einem Schwarm kleiner Vögel umgeben, die sich fallen ließen und dann mit weit geöffnetem Schnabel dicht über dem Wasser dahinglitten, sodass die springenden Fische ganz von selbst in ihren Schnäbeln landeten. Pablo und Ximena lachten darüber, es sah zu komisch aus.

Kurz darauf war es dunkel und am Ufer leuchteten tausend kleine schwebende gelbe Punkte auf. »Glühwürmchen«, flüsterte Pablo und er dachte an die Glühwürmchen in den Büschen der maroden Villa in Manaus und sein Herz wurde auf einmal schwer und er fragte sich, ob die Glühwürmchen gemerkt hatten, dass er nicht mehr da war.

Aber da sagte Davi: »Da wären wir«, und Sekunden später stand Pablo neben den anderen am schlickigen Ufer. Der Hund schüttelte sich erleichtert und spritzte alle nass und Davi gab dem toten Baum einen Schubs, sodass er flussabwärts davontrieb. »Danke sehr, mach's gut, Baum«, sagte er.

In der Ferne sahen sie den Widerschein eines großen Feuers. Schatten bewegten sich dort zwischen den Bäumen und auf einmal spürte Pablo Ximenas Hand in seiner.

»Jetzt lernen wir sie also kennen«, wisperte Ximena. »Die Unkontaktierten. Die wilden Männer und Frauen, die noch nie eine Straße oder ein Buch gesehen haben. Und die uns … eigentlich nicht hierhaben wollen.«

»Hast du jetzt doch Angst?«, flüsterte Pablo.

»Ein bisschen«, wisperte Ximena. »Was ist, wenn … wenn sie … bewaffnet sind und …«

»Psst!«, machte Pablo. Denn jetzt kamen Gestalten zwischen den Bäumen hervor, Gestalten, die vor ihnen stehen blieben, kaum zu erkennen in der Dunkelheit. Und diese Gestalten sahen sie an, Pablo spürte ihre Blicke auf sich. Er drückte Ximenas Hand und sie drückte zurück. Der Hund presste sich ängstlich gegen Pablos Bein.

Dann sprach eine der Gestalten, ein alter Mann mit einer tiefen rauen Stimme, und ein paar kleinere Schatten lachten hell. Kinder. »Er sagt, ich konnte es wohl nicht lassen, euch einzusammeln«, sagte Davi und seufzte.

»Sprich portugiesisch, Mann«, sagte da eine Frau – auf Portugiesisch. »Damit diese beiden dich verstehen. Du weißt doch, wir sollen es üben, damit die Leute von außerhalb uns nicht übers Ohr hauen.«

»Ich mag aber kein Portugiesisch«, sagte die heisere Stimme. Auf Portugiesisch. Jetzt langsam gewöhnten sich Pablos Augen an die Nacht und er sah den kleinen gebeugten Schatten, der sich auf einen Ast stützte. Dieser Mann war nicht alt, er war uralt, so alt wie der Wald.

»Das sind Pablo und Ximena und Hund«, sagte Davi. »Und wir müssen ihnen helfen, denn die Herrscher von außerhalb suchen sie. Sie sind hier in den Wald gekommen, um ihren Freund zu suchen, der mit den anderen Studenten verschwunden ist. Ihr wisst schon, die jungen Menschen, die versucht haben, den Stausee zu stoppen.« Ein Gemurmelt erhob sich unter den Schatten und Pablo und Ximena wurden von vielen Händen mitgezogen – bis zu einem kreisförmigen Bauwerk mit Palmstrohdach. »Das ist unser Shabono«, sagte Davi. Offenbar hieß das Ding so. Es hatte ungefähr die Umrisse eines riesigen Autoreifens. In der Mitte, auf einem großen, freien Platz, loderte das riesige Feuer, das sie von Weitem gesehen hatten.

Jetzt sah Pablo die Menschen besser, sie waren allesamt nackt, nur die Männer trugen dünne Schnüre um den Bauch wie auch Davi.

»Soso, euer Freund ist einer von denen, die den Staudamm verhindern wollten«, sagte der uralte Mann und führte Pablo und Ximena zu einer Strohmatte auf dem Boden. »Jaja, den wollten schon viele verhindern. Es gab sogar einen – wie hieß das? – einen Gerichtsbeschluss dagegen. Ein Richter hat entschieden, dass die Waldschützer im Recht sind und der Bau gestoppt werden muss. Tja, zwei Tage später konnte niemand mehr die Papiere finden, die zu dem Fall gehörten … Den Richter konnte auch keiner finden.«

»Er ist verschwunden? Wie die Studenten?«, fragte Pablo. »Aber … woher wissen Sie das?«

»Oh, wir beten zu den Göttern der Natur um Erleuchtung und fragen sie nach Neuigkeiten«, sagte der Alte und schloss die Augen für eine Weile. So lange, bis Pablo glaubte, er sei einfach eingeschlafen.

Da schlug der alte Mann die Augen ganz plötzlich wieder auf, sah Pablo an und sagte: »Aber manchmal fragen wir auch einfach das Internet. Es kommt immer darauf an, wie die Verbindung gerade ist.«

Und er klopfte auf einen kleinen silbernen Laptop, der neben ihm auf der Strohmatte lag und den Pablo bisher übersehen hatte.

»I…internet?«, stotterte er, völlig verblüfft.

»Natürlich haben wir Internet. Was dachtest du, woher wir Portugiesisch können? Online-Kurs.« Er grinste.

»Ich hab den ganzen Kram besorgt. Die Solarplatte für den Strom auch. Man muss doch auf dem Laufenden bleiben. Wissen, was in der Welt passiert. Nur wenn man viel weiß, kann man sich wehren.« Er streichelte den kleinen Affen auf seiner Schulter, der eingeschlafen war. »Na ja, und wenn die Verbindung hier unten nicht gut ist, muss man eben weiter rauf. Auf dem ganz großen Baum dahinten geht es immer. Aber das ist kein Problem, selbst mein Urgroßvater klettert ab und zu rauf, um im Internet spazieren zu gehen. Es sind nur zwölf Meter.«

ELFTES KAPITEL,

in welchem schon wieder rosa Delfine vorkommen und dann jemand unfreiwillig schwimmen geht

An diesem Abend aßen sie Bananenbrei aus Holzschüsseln und sahen dem großen Feuer beim Brennen zu, während ungefähr eine Million kleine Kinder sich um sie drängte und jede ihrer Bewegungen beobachtete.

Als Pablo genau nachzählte, waren es allerdings nur neun.

Davi erklärte und erzählte und die Erwachsenen, die natürlich auch da waren, nickten und begannen eine wilde Diskussion, von der Pablo und Ximena kein Wort verstanden.

Schließlich ließ sich Pablo rückwärts auf die Strohmatte fallen und sagte: »Ich bin einfach glücklich, hier zu sein und nicht mehr laufen zu müssen.«

»Ich auch«, sagte Ximena.

Das Äffchen hüpfte auf Pablos Bauch und begann sich zu putzen. Es sah irgendwie anders aus als sonst. Pablo

war so müde, dass er erst nicht darauf kam, wieso … Dann begriff er. Es hatte Miguels Brille auf. Die mit den kleinen runden Gläsern und dem roten Rahmen.

»Hey, hast du die aus meinem Rucksack geklaut?«, fragte Pablo und wollte sie ihm wegnehmen, doch da sprang das Äffchen auf und turnte davon in die Balken unter dem Dach des Shabonos.

»Wann gehen wir los, um sie zu finden?«, fragte Pablo und tippte Davi auf die Schulter.

»Morgen«, sagte Davi. »Sie sagen, während ich weg war, haben sie weiter an dem Staudamm gebaut. Sie beeilen sich sehr, sie haben mit dem Flieger mehr Arbeiter in den Wald gebracht, und sie fällen jeden Tag hundert Bäume und die Straße, die sie bauen, ist auch schon ziemlich weit. Sie haben Angst, deshalb beeilen sie sich so. Sie haben Angst, dass doch noch jemand sie stoppt.«

»Und das werden wir«, sagte Ximena entschlossen.

»Ihr seid mutige Kinder«, sagte der uralte Mann auf Portugiesisch. »Aber wir haben eine Entscheidung gefällt. Drei Tage lang ernten wir unseren Mais und unsere Bananen und jagen so viel Fleisch und fangen so viele Fische, wie wir können. Wobei das Jagen schon fast unmöglich ist, der Lärm der Baumaschinen hat beinahe alle Tiere verscheucht. Drei Tage … dann verlassen wir dieses Shabono und gehen nach Norden. Es wird eine weite Wanderung. Wir werden nicht zurücksehen. Denn in drei Tagen steht dieses Land unter Wasser und es wird dort kein Leben mehr geben.«

»Aber wir dürfen nicht weggehen!«, rief Davi. »Wenn wir weggehen, geben wir den Wald auf! Wir müssen ihm helfen! Wir sollten alle zusammen zur Baustelle gehen und etwas tun, das habe ich euch schon so oft gesagt …«

»Mein Junge«, sagte eine Frau mit kurzem schwarzen Haar, die ein Baby auf dem Arm trug. »Diese Menschen sind böse. Sie haben Maschinen und Waffen. Wir haben nichts. Wenn wir hingehen, werden sie uns verschwinden lassen, wie die jungen Leute mit ihren Plakaten. Oder sie machen sich nicht einmal die Mühe, sondern sie …«

» … machen uns platt«, sagte ein kleiner Junge. »Peng! Peng! Peng! Aber das tun sie nicht, haha, weil ich habe nämlich auch eine Waffe, ich mache die platt! Ich schieß ihnen allen einen Pfeil in den Popo!« Und er hob einen riesigen Bogen hoch, der vermutlich seinem Vater gehörte und unter dessen Gewicht er stolperte.

»Ja, mach das«, sagte Davi.

Und dann lagen sie in Tom Weißfeders Hängematte und das Feuer war erloschen und über der freien Mitte des Shabonos standen die Sterne. Ein paar halb zahme

Dschungelhühnchen schliefen dort ebenfalls, die Köpfe unter die Flügel gesteckt. Unter den Balken des Shabonos hingen kreuz und quer überall Hängematten. Es lebten zwei Dutzend Familien hier, aber niemand hatte ein eigenes Haus, Davi hatte es ihnen erklärt: Sie hatten alle nur ein Stück des großen, reifenförmigen Baus für sich. Die einzigen Wände, die es gab, waren die grünen Wände des Dschungel, und die einzigen Türen, die man öffnen oder schließen konnte, waren die Türen der eigenen Träume.

Aber vielleicht, dachte Pablo, träumten diese Menschen auch alle zusammen einen einzigen Traum, einen Traum wie eine große Blase, der das Shabono einhüllte.

Sie träumten davon, wie sie weggehen würden.

Und als er die Augen schloss, sah er es vor sich: Er sah, wie sie in einer langen Reihe, bepackt mit ihrer Ernte und ihrem wenigen Besitz, durch den Urwald wanderten, während hinter ihnen das Wasser stieg und die Welt verschwand.

Am Rande seines Traumes standen auf einer hohen Mauer aus Beton zwei Männer in cremefarbenen Anzügen und Pablo sah, wie das Wasser vor der Mauer stieg und stieg und stieg. Dann drehte einer der Männer an einem Rad und mit einem donnernden Rauschen ergoss sich das gestaute Wasser nach unten, trieb riesige

Turbinen an und erzeugte Strom – er träumte auch den Strom, er träumte tausend Lampen, die hell aufleuchteten im fernen Manaus: eine Figur, hergestellt aus Lampen, riesengroß, auf dem Theatervorplatz.

Alle, die auf dem Platz arbeiteten und lebten, standen still und sahen zu der Figur auf: Tom Weißfeder, Senhor Vargas mit seiner Geige, Mama Maria mit ihrem Saftstand und ihren vielen kleinen Kindern.

Die Figur, die aus Lampen bestand, war ein Mann im Anzug. Aber nicht einer der beiden cremefarbenen. Es war der Präsident. Er lächelte. Unter seinem Fuß lag etwas kleines Rotes, zerquetscht. Es war Miguels Brille.

Pablo wachte keuchend auf und sah sich um.

Es wurde eben hell, tausend Vögel sangen und schwatzten in den Bäumen und die Frauen im Shabono hatten das Feuer wieder entfacht und waren dabei, Bananenbrei für das Frühstück zu kochen. Die Kinder rannten zwischen ihnen herum und fingen die Dschungelhühnchen ein.

»Guten Morgen«, sagte Ximena. Sie trug ein Gefäß aus Korb und Blättern und hatte rote Wangen.

»Wir waren Wasser holen«, sagte sie. Davi stand neben ihr und nickte. »Und nachher fangen wir Fische«, sagte Ximena. »Und in dem kleinen Fluss gibt es Delfine, sagt Davi, rosa Delfine. Sie sind anders als die grauen im großen Fluss, denk dir, sie können rückwärtsschwimmen, damit sie sich bei Hochwasser nicht zwischen den Baumstämmen verheddern und …«

Sie sagte mehr, Dinge über Papageien und Bananenstauden und Brüllaffen, aber Pablo hörte nicht zu, er sah sich um und dachte an seinen Traum.

Dies alles, dachte er, all dieses Schöne, all dieses fröhliche Leben, würde unter dem Wasser verschwinden.

Und die rosa Delfine würden die Turbinen eines Kraftwerks nicht überleben.

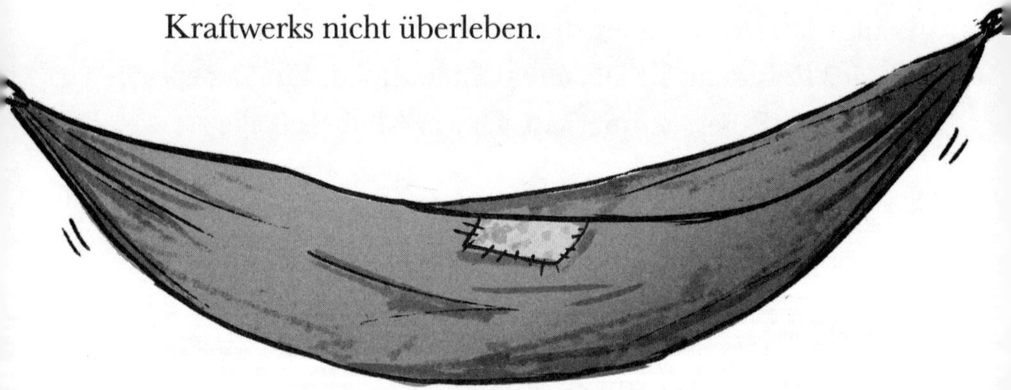

Er kletterte aus der Hängematte und merkte, dass er sich völlig zerschlagen fühlte von dem Marsch. »Wir müssen etwas tun«, sagte er. »Wir müssen los, zu dieser Baustelle. Wir müssen Miguel finden. Jetzt sofort …«

Aber die anderen saßen zusammen auf dem Boden und aßen Bananenbrei zum Frühstück und Pablo setzte sich zu ihnen und nahm dankbar eine Holzschale an. Das Totenkopfäffchen landete auf seiner Schulter und keckerte ihm etwas ins Ohr und ein winzig kleiner Junge kuschelte sich an ihn und streichelte sein Knie. Er schien den Stoff über dem Knie schön zu finden, obwohl es doch nur eine alte, dreckige, zerrissene Hose war. Das Äffchen fischte Miguels Brille aus Pablos Tasche und setzte sie auf und da wollten alle sie anprobieren.

»Wir werden mittags aufbrechen«, sagte Davi. »Dann sind wir bei der Baustelle, wenn es dämmert und die Arbeiter nach Hause gehen. Wir werden Schatten in den Schatten sein und niemand wird uns sehen. Dann finden wir die Stelle mit dem Kreuz im Fluss.«

»Und dann holt ihr eure Freunde und fahrt auf dem Fluss direkt zurück in die Außenwelt«, sagte die Frau, die offenbar Davis Mutter war. »So schnell es geht. Und mein braver Sohn kommt zurück hierher, damit wir zusammen nach Norden wandern können.« Sie lächelte ein sanftes Lächeln und streichelte Davi über die Wange. »Auch dort wird es schön sein. Du kannst dein Internet ja mitnehmen, vielleicht finden wir einen Baum, auf dem es diese Sache gibt, die du immer haben möchtest. Einen *Netzzumacher*?«

»Netzzugang«, sagte Davi. Und er öffnete den Mund, um mehr zu sagen. Doch dann ließ er es, sah nur Pablo und Ximena an. Und sagte schließlich. »Wir werden noch kurz zum kleinen Fluss gehen. Ximena wollte die Delfine sehen.«

Pablo sammelte Miguels Brille ein, die irgendwie auf der Nase des Hundes gelandet war, und sie verließen die fröhliche Gesellschaft.

»Wie können sie so fröhlich sein, wenn sie doch in zwei Tagen ihre Heimat verlassen müssen?«, fragte Ximena, während sie durch den Wald liefen.

»Es nützt nichts, traurig zu sein«, sagte Davi. »Das jedenfalls sagen sie immer alle. Aber es ist falsch. Man muss manchmal traurig sein. Man muss wütend sein. Sonst kann man nichts ändern.«

Er drehte sich zu Pablo und Ximena um. »Wir werden natürlich nicht auf dem schnellsten Weg den Fluss hinunterfahren, wenn wir die Studenten gefunden haben«, sagte er feierlich. »Ich habe einen Plan.«

»Ja?«

»Das Kraftwerk hat eine Schaltung. Irgendwo. Man kann irgendwo den Stausee anschalten. Die Mauer schließen, sodass das Wasser oben bleibt und sich eben … na ja, staut. Die Schaltung ist die empfindlichste Stelle. Niemand kann gegen ein ganzes Heer von Arbeitern oder einen riesigen Staudamm kämpfen. Aber wir können gegen eine kleine elektronische Schaltung kämpfen.«

»Meinst du nicht, sie ist in einem bewachten Gebäude?«, fragte Pablo.

»Sicher«, sagte Ximena und ihre Augen leuchteten. »Aber wir finden einen Weg zu dieser Schaltung. Zum Herzen des Kraftwerks. Vielleicht könnte ich wieder angeln, um jemanden abzulenken.«

Und Pablo wollte sagen, dass es nicht so einfach würde, aber er sagte es nicht.

»Ich dachte, wir sind Detektive«, sagte er stattdessen nachdenklich. »Sollten Detektive nicht die Bösewichter überführen? Die, die eigentlich das Ganze kontrollieren? Wir brauchen einen Beweis, das hast du selbst gesagt, Ximena. Einen Beweis, dass die Männer in ihren schicken Anzügen das hier alles gegen den Willen der Leute machen, denen das Land gehört. Ich meine, es gehört euch doch, oder, Davi?«

»Das Land gehört sich selbst«, erklärte Davi. »Aber … ja. Sie nennen es Reservat und das bedeutet, dass meine Leute es besitzen, jedenfalls nach brasilianischem Recht. Ich habe das nachgesehen. Im Netz. Und der Richter hat das gewusst. Der, der entschieden hat, dass das Kraftwerk nicht gebaut werden darf. Der, der verschwunden ist.«

»Also finden wir ihn wieder und alles ist gut«, sagte Ximena. »Dann verurteilt er die fiesen Drahtzieher und …«

Davi schüttelte den Kopf. »Selbst wenn wir den Richter wiederfinden, ich wette, die Papiere, die beweisen, dass das Land uns gehört, sind nicht mehr auffindbar. Die haben das geändert und neue Papiere gebastelt, auf denen steht, dass das Land dem Staat gehört oder so.«

»Wir müssen belauschen«, sagte Ximena. »Wie die fiesen Drahtzieher sich unterhalten, zum Beispiel: Wie praktisch, dass wir Davis Stamm dieses Land geklaut und die Studenten weggeschafft haben … Dann könnten wir das … ich weiß nicht … dann könnten wir das aufnehmen, damit später alle hören, dass sie das gesagt haben.«

»Warte«, sagte Pablo. »Wir haben kein Gerät, um etwas aufzunehmen. Und die Drahtzieher sind nicht hier im Wald, sondern sitzen gemütlich zu Hause in Manaus.«

»Mist, immer ist irgendwas«, sagte Ximena ärgerlich.

Aber in diesem Moment kamen sie am Ufer des kleinen Flusses an und da sagte Ximena nichts mehr, denn zwischen den tief herabhängenden Ästen spielten im Wasser drei Delfine. Sie hatten die Kinder nicht kommen hören oder es war ihnen egal, sie sprangen aus dem Wasser, schwammen dicht unter der Oberfläche umeinander, steckten die Schnauzen heraus, die wie abgerundete lange Schnäbel aussahen, und schnatterten. Es war, als würden sie lachen, einfach nur aus Freude am Leben.

»Sind das die mit dem Rückwärtsgang?«, fragte Pablo. Ximena nickte.

Am Ufer des kleinen Flusses blühten auf dem Wasser gelbe Blumen mit kleinen, tellerförmigen Blättern, in denen irgendeine Sorte Urwaldenten herumgründelte, und auf einem Ast gegenüber saß ein ganzer Schwarm rotbrauner Vögel mit langen, wunderschön glänzenden Schwanzfedern und lustigen Federkronen auf dem Kopf.

Eine Wasserschildkröte stieß sich ohne Eile von einem Stein ab und schwamm davon und das Totenkopfäffchen hüpfte von Davis Kopf auf einen Baum, pflückte mit den kleinen Pfoten eine violette Blüte und begann sie zu essen.

»Es ist so schön«, wisperte Pablo. »Es ist alles so schön.«

Er drehte sich zu Ximena um, doch Ximena stand nicht mehr neben ihm.

Sie stand bereits bis zur Hüfte im Wasser. Samt Kleidern. Dann ließ sie sich hineingleiten und schwamm zu den Delfinen hinüber und Pablo hielt die Luft an. Die Delfine flohen nicht. Sie umringten Ximena, schnatterten wieder, schwammen ein Stück fort und kamen zurück: Sie spielten. Ximena streckte einen Arm aus dem Wasser und streichelte einen der Delfine, der den Schnabel hinausreckte.

»Sie haben spitze Zähne«, flüsterte Pablo. »In diesen … Schnäbeln. Beißen sie denn nicht?«

»Klar, sie fressen Fische«, sagte Davi. »Sie sind Raubtiere.«

»Aber … wir müssen Ximena da rausholen!«, sagte Pablo.

»Nö«, sagte Davi. »Die Kinder bei uns spielen oft mit ihnen. Menschen beißen sie nicht. Es gibt alte Geschichten bei den Caboclos, den Menschen am Fluss, die nicht aus dem Wald kommen wie wir.

Sie glauben, die Delfine würden sich nachts in junge Männer verwandeln und an Land gehen und Mädchen ins Wasser locken, damit sie ertrinken.«

»Gruselig«, sagte Pablo.

»Ja, gruselig«, sagte Davi. »Sie mögen die Delfine sowieso nicht, weil sie den Fischern die Fische wegfressen. Sie töten sie. Wir nicht. Es gibt genug Fische für alle in den Flüssen hier.« Er seufzte. »Noch. Wenn ein Staudamm da ist, natürlich nicht mehr.«

Ximena hatte sich im Wasser auf den Rücken gelegt, sie sah vollkommen glücklich aus, aber gleichzeitig so, als wäre sie gar nicht da. Als wäre sie in einem Traum. Pablo dachte an die Szene auf dem Rio Negro zurück. »Ximena!«, rief er. »Ximena? Kommst du wieder raus?« Aber sie antwortete nicht. Der Hund sah ebenfalls besorgt aus, er lief unruhig am Ufer auf und ab und dann sprang er in den Fluss und schwamm zu Ximena. Die Delfine schienen sich über ihn zu wundern, Ximena jedoch reagierte nicht, als er sie mit der grauen Fellnase anstupste.

»Irgendwas hat sie mit Delfinen«, sagte Pablo. »Es ist merkwürdig.«

In diesem Moment raschelte es im Unterholz hinter ihnen ganz leise und die ganze Kinderhorde vom Shabono brach hindurch und warf sich mit einem Jauchzen in den Fluss. Sie wollten mitspielen. Sie tauchten sich gegenseitig unter, machten Purzelbäume im Wasser und gingen auf den Händen und Davi grinste und sagte: »Sie wollen alle Ximena beeindrucken. Sie mögen sie sehr.«

Aber Ximena sah die Kinder nicht an, sie hatte einen Arm um einen Delfin gelegt und ließ sich ziehen und ihre Augen sahen aus, als wäre sie ganz woanders.

Da raschelte es noch einmal, lauter, am anderen Ufer, und gleich darauf spuckte der Wald zwei Gestalten aus, die nicht ins Bild passten. Abgemagerte, abgerissene Gestalten in alten Kleidern und mit Rucksäcken. In ihren Augen spiegelten sich nicht der Fluss und die Schönheit und das Spiel der Kinder. Dort spiegelten sich nur ihr Hunger und ihre Müdigkeit.

»Die Männer«, wisperte Pablo. »Verflixt, wie kommen die hierher?«

Davi hatte ihn bereits hinunter ins Dickicht gezogen und sie spähten durch die Blätter.

Wirklich, es waren dieselben Männer, die Davi gefangen hatten. Und die eigentlich den Studenten etwas zu essen hätten bringen sollen.

Der grimmigere hielt seine Waffe in der Hand.

»Sieh mal einer an«, sagte er. »Lauter kleine Affen im Fluss.« Dann schoss er in die Luft und die Delfine tauchten weg und die Kinder erschraken und versammelten sich am Ufer und starrten die Männer an.

»Das Dorf ist also in der Nähe«, sagte der mit der Waffe. »Lass uns hingehen. Aufräumen.«

»Nein«, sagte der andere. »Wir beide gegen ein ganzes Dorf? Die haben giftige Pfeile … es reicht doch, sie zu warnen. Ich meine, sie verstehen uns nicht, aber …«

»Das hier werden sie verstehen«, sagte der Mann mit der Waffe. »Hey, ihr da! Geht und sagt euren Eltern, wenn das Kraftwerk eröffnet wird, wollen wir keinen von euch da sehen, der Probleme macht! Keinen! Wenn wir einen sehen, passiert das hier!«

Er hob die Waffe mit beiden Händen und Pablo hielt die Luft an, denn es sah aus, als würde er gleich auf eines der Kinder zielen … »Das kannst du doch nicht machen«, sagte der andere, »du kannst doch nicht …«

Da knurrte etwas hinter den beiden Männern im Unterholz, laut und kehlig, und ein Schatten sprang auf sie zu. Ein Jaguar, dachte Pablo, es ist ein Jaguar, ein echter Jaguar, und vermutlich dachten das die Männer auch. Denn sie schrien auf, machten einen Satz vorwärts – und fielen in den Fluss. Drüben beim anderen Ufer schien er tiefer zu sein und dort war wohl auch die Strömung stärker, denn das Wasser riss die Männer sofort davon. Sie kamen hoch, fuchtelten mit den Armen und fluchten und Pablo sah, dass der grimmige seine Pistole verloren hatte.

»Verdammt!«, schrie er. »Das werdet ihr büßen! Woher habt ihr den verflixten Jaguar?«

Der Jaguar stand zwischen den Bäumen und sah den unfreiwillig Davonschwimmenden nach. Er sah nass und grau aus und eigentlich mehr wie ein Hund.

Dann schüttelte er sich, die Tropfen flogen regenbogenglitzernd in alle Richtungen davon und gleichzeitig tauchten alle vier Delfine auf, öffneten die Schnäbel und schnatterten laut.

Als würden sie lachen.

Die Männer verschwanden um eine Kurve und waren nicht mehr zu sehen. Die Delfine sprangen ein letztes Mal triumphierend in die Luft, dann tauchten sie unter und waren fort.

»Aber wo ist Ximena?«, fragte Pablo alarmiert.

Sie war nirgendwo zu sehen. Da sprang der Hund vom anderen Ufer ins Wasser und schwamm über den schmalen Fluss zurück und nicht weit von dem Ort, wo die Kinder eben aus dem Wasser krabbelten, teilte er mit der Schnauze die überhängenden Äste. Darunter, im flachen Uferwasser, saß Ximena. Sie ließ sich am Ärmel hervorzerren und kletterte zusammen mit dem Hund aus dem Fluss und diesmal schüttelten sie sich beide.

Als Pablo sich das Wasser aus den Augen gewischt hatte, sah er, dass Ximena ein verwundertes Gesicht machte. »Jemand hat mich in dieses Astversteck im Fluss gebracht«, sagte sie. »Wer war das? Und warum?«

»Ich nehme an, es waren die Delfine«, sagte Pablo unbehaglich. »Unsere Freunde mit der Pistole sind aufgetaucht, hast du das nicht mitbekommen?«

Ximena schüttelte den Kopf. »Ich weiß nur, dass ich ins Wasser gesprungen bin und dass ich irgendwie … glücklich war. Was genau passiert ist, daran erinnere ich mich nicht. Ich glaube, ich habe geträumt. Da war die Stimme dieser Frau, die ein Lied sang … aber wie kann ich geträumt haben, wenn ich gar nicht geschlafen habe?«

»Wir sollten los«, sagte Davi. »Wir müssen zum großen Fluss wandern, wo das Boot meines Stammes liegt. Oh, und die Männer haben ihre Rucksäcke vergessen. Wir sollten sie mitnehmen. Eine Menge hungriger Gefangener warten auf den Proviant, der sich darin befindet.«

ZWÖLFTES KAPITEL,

in dem der Wald verschwunden ist, in dem die Studenten verschwunden sind und die Detektive zu Ameisen werden

Sie gingen nicht zurück zum Shabono, um Auf Wiedersehen zu sagen oder Ade, denn sie hätten nicht gewusst, was von beiden angebracht war. Würden sie die Menschen dort wiedersehen?

Oder nicht?

»Ich fühle mich irgendwie feierlich, jetzt, wo wir wirklich losgehen zu dem Ort, an dem vielleicht Miguel ist«, sagte Pablo, als sie durch den Wald wanderten. »Du auch?«

»Ich fühle mich vor allem nass«, sagte Ximena.

Diesmal hatte sie ihre Kleider anbehalten, es war heiß genug, und langsam trockneten sie auf ihrer Haut. Pablo trug den einen und Davi den anderen Rucksack der Männer, sie waren schwer, aber ein echter Abenteurer kann auch schwer tragen, wenn es dazu dient, einen hungrigen, eingesperrten Freund zu retten. Das Äffchen hatte sich auf den Hund gesetzt und versuchte ab und zu, ihn mit abgerupften Blüten zu füttern.

Der Hund wollte keine Blumen fressen. Er hatte eine Hackfleischtortilla aus einem der Rucksäcke bekommen, zur Belohnung, weil er alle gerettet hatte, und war stolz und satt.

»Kssst!«, machte da jemand über ihnen. »Kssst!« Pablo, Ximena und der Hund zuckten zusammen und sahen nach oben.

Davi grinste nur. »Ich muss sagen, für die Furchtlosen Drei vom Rio Negro seid ihr ganz schön leicht zu erschrecken.«

Über ihnen im Baum saß nicht, wie Pablo einen Moment lang gedacht hatte, schon wieder ein Mann mit einer Waffe. Sondern der uralte vom Shabono. Man sah ihn kaum zwischen den Blättern.

Er saß ganz gemütlich auf einem sofadicken Ast, mit dem Rücken an den breiten Stamm gelehnt, und hatte den Laptop auf dem Schoß.

»Viel Glück!«, rief er leise.

»Was machst du da oben?«, fragte Davi, irgendwie misstrauisch.

»Ich rufe die Geister des Waldes an, damit sie mit euch sind«, erklärte der uralte Mann ernst und machte mit den Armen geheimnisvolle Gesten in der Luft.

»Gib's zu, da oben ist Netzempfang und du spielst schon wieder Subway Surf«, sagte Davi. Und, zu Pablo und Ximena: »Seit er dieses Spiel entdeckt hat, sitzt er dauernd auf irgendeinem Baum. Erst hatte er etwas gegen die moderne Technik und jetzt jagt er virtuelle Männchen eine Linie entlang, die U-Bahn-Schienen heißt. Er sagt, es ist eine gute Übung für die echte Jagd, weil man dazu die Pfeiltasten benutzen muss.« Davi verdrehte genervt die Augen.

Pablo hielt sich eine Hand vor den Mund, um nicht laut loszuprusten.

»Du sollst den Laptop nicht für so einen Mist benutzen!«, rief Davi nach oben. »Das Internet ist dafür da, Informationen zu sammeln! Guck lieber bei Google Maps den Weg nach Norden nach und wie viele Tage ihr marschieren müsstet, um nach Venezuela zu kommen!«

»Kugelmops, Kugelmops«, murrte der Alte. »Da sind nur Linien und Punkte oder von mir aus Kugeln, aber das ist nicht unser Wald, kann gar nicht sein«, und er vertiefte sich wieder in das, was auf dem kleinen Bildschirm geschah.

Schließlich erreichten sie den Rio Demini und Davi zog ein verborgenes Boot aus dem Dickicht.

»Das ist ein richtiger Einbaum«, sagte er. »Nicht nur ein Baum wie der, mit dem wir gekommen sind.«

Sie hatten alle gerade so Platz in dem halb ausgehöhlten Stamm. Der Hund durfte diesmal vorne sitzen und das Äffchen zwischen seinen Ohren sah aus wie ein stolzer Kapitän. Und so stakten und paddelten sie davon, den Rio Demini weiter aufwärts, gegen die Strömung.

Diesmal ging es flussabwärts, der Rio Demini trug das Boot ganz von selbst.

Und dann sagte Davi: »Hier gehen wir besser an Land, wir sind schon zu nah bei der Baustelle«, und sie vertäuten den Einbaum am Ufer, an einem Ast – verborgen unter anderen Ästen, die hier bis aufs Wasser hinabreichten. Davi führte sie in eine Richtung, die Pablo vollkommen falsch vorkam, aber er sagte nichts. Irgendwann ging es ziemlich steil bergab und dann näherten sie sich einem entfernten Rauschen. Schließlich wurde das Rauschen zu einem ohrenbetäubenden Krach.

»Ist das die Baustelle?«, fragte Pablo. »Die ist ja wirklich schrecklich laut, die armen Tiere.«

»Nein, das sind die Wasserfälle«, sagte Davi und lachte.

Er teilte einen Vorhang aus Lianen und sie traten hinaus auf einen großen, flachen Felsen am Ufer des Flusses und sahen die Fälle. Das Wasser stürzte in mehreren Kaskaden über viele Stufen abwärts, Tropfen stoben auf und ließen die Luft regenbogenfarben flirren und an den Seiten reckten sich hohe Bäume und rahmten die Wasserfälle ein.

»Ich habe euch über einen Umweg um die Baustelle herum- und hierhergeführt«, sagte Davi. »Ich wollte, dass ihr erst das hier seht. Dass ihr seht, wie die Wasserfälle sind. Ehe sie zerstört werden.«

»Sie sind … sie sind wunderschön«, flüsterte Ximena.

»Man erwartet jetzt eigentlich ein singendes Einhorn«, sagte Pablo trocken. Woraufhin Ximena ihn trat.

»Wozu wollen sie das Wasser da oben überhaupt noch stauen?«, fragte Pablo. »Reicht die Kraft nicht aus, die diese Wasserfälle haben? Könnte man damit nicht schon Turbinen antreiben, die beim Drehen Strom erzeugen?«

»Sicher«, sagte Davi und warf ihm einen ärgerlichen Blick zu. »Dann müsste man nur tausend Kabel verlegen und alles, und natürlich trotzdem die Straße bauen, die alles kaputt macht.«

»Ich meinte ja nur. Theoretisch«, sagte Pablo. »Ich meine, die Menschen brauchen doch Strom. Ist Wasser nicht besser, als Erdöl aus dem Boden zu holen und zu verbrennen? Miguel hat mal gesagt, Wasser ist eigentlich besser, denn das Erdöl ist irgendwann aus, aber das Wasser ist ja immer da …«

Davi schnaubte. »Na ja, jedenfalls reicht es ihnen nicht. Sie sagen, mit dem Stausee da oben kriegen sie das Zehnfache an Energie da raus. So haben sie es auch ins Netz geschrieben. Aber warum nehmen sie nicht den Strom, den die Sonne macht? Wir nehmen den doch auch.«

Sie kletterten einen kleinen Pfad im Felsen hinauf, den Pablo nie gefunden hätte, wenn Davi nicht gewesen wäre, tatsächlich schien jemand vor langer Zeit schmale Stufen in den Stein gehauen zu haben. Einmal rutschte Ximena fast ab und sie schrie auf, aber Pablo hielt sie fest. Und dann rutschte Pablo fast aus, aber Ximena hielt ihn fest.

»Wenn ihr damit fertig seid, euch gegenseitig zu retten, können wir weitergehen, ja?«, sagte Davi nur.

Und dann waren sie oben und plötzlich änderte sich die Welt auf einen Schlag.

»Vorsichtig«, zischte Davi. »Wir müssen hinter der Mauer bleiben.«

Ja, denn hier gab es Mauern. Mauern aus Beton und klotzige Gebäude und eine große, kahle Fläche, an deren Rand sich Baumstämme in allen Größen stapelten. Aber keinen Wald mehr. Der Urwald an den Ufern des Rio Demini oberhalb des Wasserfalls war kniehohen Baumstämmen und Erde voller Reifenspuren gewichen. In der Ferne dröhnten Maschinen, die noch mehr Bäume fraßen, ansonsten war es still: Kein Vogel sang oder krakeelte, kein Tier raschelte – worin auch? –, selbst der Fluss schien zu schweigen.

Die Staumauer, die das Wasser aufhalten sollte, war unendlich lang, sie verschwand zu beiden Seiten in der Ferne. Noch war sie nicht ganz fertig, das Herzstück fehlte. Das Wehr, das man öffnen und schließen konnte, musste noch eingebaut werden. »Dahinten leiten sie dann das Wasser lang«, erklärte Davi und zeigte auf

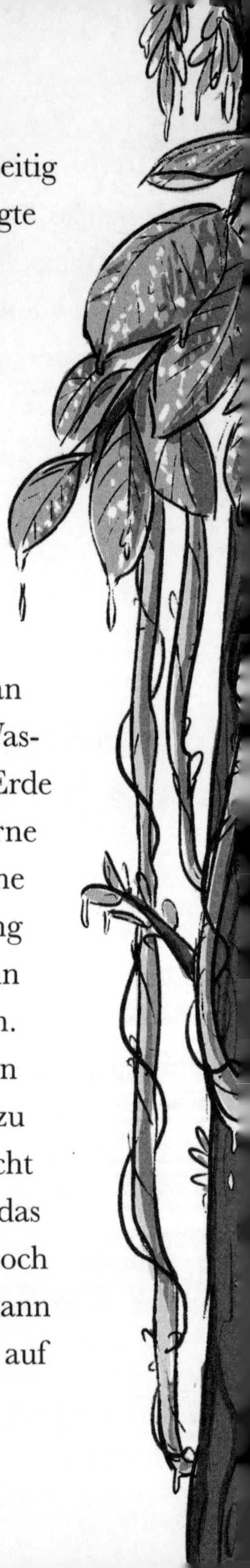

ein eckiges Gebäude, das hundert Meter weiter oben am Steilhang stand. »Dadrin sind die Turbinen. Der Wasserfall wird dann nicht mehr da sein und unten leiten sie den Fluss über einen Umweg zurück in sein früheres Bett.«

Er klang sehr fachmännisch. Sachlich. So als hätte er selbst das Kraftwerk und das Wehr entworfen. »Dort hinten, seht ihr? Da führt die Straße vom Kraftwerk weg. Da, wo die Schneise den Urwald durchschneidet. Damit man gemütlich im Auto zum Kraftwerk fahren kann.«

»Aber … aber das können sie doch nicht … das ist … oh, wie schrecklich!«, flüsterte Ximena und schlug die Hände vors Gesicht. »Es … es ist ja schon alles kaputt!«

»Ja, sie arbeiten schnell«, sagte Davi. »Als die Studenten hier waren, war nur ein kleines Stück Wald gefällt. Dahinten sind sie im Wald verschwunden, ungefähr einen Steinwurf von hier entfernt. Dahinten … wo jetzt nichts mehr ist.«

»Wir sind zu spät gekommen«, murmelte Pablo. Und musste plötzlich lachen. »Als hätte es etwas geändert, wenn wir früher gekommen wären! Wir sind nur drei unwichtige kleine Kinder, guck uns doch an, und die haben diese riesigen Maschinen, die sind erwachsen und viele … Wir sind nicht mehr als Ameisen.«

»Aber zu spät ist man nie«, sagte Davi. »Auch als Ameise nicht. Wenn sie das hier nicht fluten, kann alles irgendwann nachwachsen. Und die Tiere, die oberhalb von hier im Fluss leben, haben eine Chance. Da gibt es auch rosa Delfine. Und Manatis. Also Seekühe. Und jede Menge Fische. Und Schildkröten. Und …«

»Wir müssen sie aufhalten«, sagte Ximena entschlossen. Und sie ging um die Mauer herum und rannte einfach los, über das Feld voller Baumstämme, auf die Maschinen in der Ferne zu – mit beiden Armen winkend. »Haaalt!«, rief sie. »Hört auf! Ihr dürft das nicht! Ihr dürft das nicht tun!«

Ihre braunen Haare wehten um sie wie eine Wolke, ihre inzwischen getrockneten Kleider wehten ebenfalls, da sie an mehreren Stellen inzwischen stark zerrissen waren. Die ganze Ximena wehte über den leeren Platz: ein Racheengel, gesandt von den Göttern des Waldes.

»Himmel«, sagte Davi erschrocken. »So geht das nicht. Wir müssen sie stoppen. Sie werden irgendetwas Schreckliches mit ihr tun. Sie einsperren.«

»Und sie nach Hause zum Silberbaron schicken«, sagte Pablo. »Wo sie nicht hinwill.«

»Zum … Silberbaron?«, fragte Davi. »Irgendwoher kenne ich diesen Namen …«

Ximena hatte den ersten Bulldozer, der Bäume ummähte, fast erreicht.

»Looos!«, schrie Davi und sie rannten.

Von Weitem sah Pablo, wie Ximena neben dem Bulldozer auf und ab hüpfte und weiterschrie und fuchtelte. Aber der Mann im Führerhäuschen bemerkte sie gar nicht. Niemand bemerkte sie; keiner der Arbeiter, die diese Maschinen steuerten. Sie saßen in ihren Kapseln und hörten vielleicht Radio und arbeiteten einfach so vor sich hin, Männer in Unterhemden und mit schweißnassem Haar, müde, durstige Männer, die ihren Job fertig bekommen und den Urwald verlassen wollten, so früh wie möglich.

Davi und Pablo griffen gleichzeitig nach Ximenas Schultern und zogen sie hinter den Bulldozer. In den toten Winkel des Fahrers. »Hier kann er uns nicht sehen«, sagte Pablo.

»Er hat mich eben auch nicht gesehen, der Idiot!«, keuchte Ximena, ihre Stimme halb erstickt von Tränen. »Keiner von denen sieht, was sie zerstören! Sind sie denn alle blind? Keiner sieht die Wahrheit!«

»Ameisen«, sagte Pablo bitter und seufzte. »Wir sind nicht mehr als Ameisen. Es ist völlig egal, dass wir hier sind.«

Da drehte Davi sich um und sah zur Staumauer. Und zur Straße auf der anderen Seite des Flusses.

Pablo folgte seinem Blick – und da entdeckte er es auch. Dort, auf der noch unbefestigten Straße, stand jetzt ein kleines Flugzeug. Es sah fast aus wie ein Spielzeug, ein Spielzeugflugzeug auf einer winzigen Spielzeugpiste.

Und dann stieg jemand aus dem Flugzeug und spazierte über eine Treppe auf die beinahe fertige Staumauer. Nein. Mehrere Jemande. Drei. Drei gut angezogene Männer: Anzug, Bügelfaltenhosen, Strohhüte. Oben auf der Mauer sahen sie sich um und nickten sich zu, schüttelten sich die Hände, lachten.

»Ich fresse ’nen Besen, wenn das nicht die beiden aus dem Theater in Manaus sind«, wisperte Pedro.

»Aber wer ist der dritte?«

»Wir müssen näher ran!«, wisperte Davi. »Wir müssen hören, was sie sagen.«

Und er huschte gebückt über das Stoppelbaum-Feld, drückte sich wieder an den kahlen Erdboden und huschte weiter. »Los!«, wisperte Ximena. »Jetzt wir!«

Sie packte Pablos Hand und gemeinsam rannten sie Davi nach, sich immer wieder an den Boden duckend wie zwei ängstliche Tiere.

Dann, endlich, erreichten sie die Mauer, pressten sich mit den Rücken dicht daran wie Pablo und gingen seitwärts, näher und näher auf die Männer zu, die irgendwo über ihnen miteinander sprachen.

»... wenn man bedenkt, dass die Hälfte des Jahres über Niedrigwasser ist«, sagte einer gerade – Pablo kannte die Stimme bereits aus dem Theater, wo sie die Männer mit

den cremefarbenen Anzügen belauscht hatten. »Es lohnt sich also noch nicht mal. Wir bauen dieses Kraftwerk, obwohl es sich nicht lohnt?« Ja, das war sie – die Stimme mit dem Akzent. Amerikanisch, vielleicht.

»Natürlich«, sagte der zweite aus dem Theater, der molligere. Pablo erinnerte sich auch an ihn. »Wenn man es genau durchrechnet, lohnt es nicht. Der Aufwand, die Turbinen in der Niedrigwasserzeit sauber zu halten, frei von Schlick … frisst vielleicht genauso viel Strom, wie wir in der Hochwasserzeit produzieren! Ist das nicht drollig?« Er brach in ein heiseres Lachen aus. »Drollig! So drollig!«

»Aber meine Herren«, sagte der dritte jetzt, der aus dem schwarzen Jeep. »Das braucht doch niemand so genau zu wissen. Wer guckt schon so genau nach, wenn wir nur die Zahlen der guten Monate veröffentlichen? Sie haben einen riesigen Auftrag, Ihre Firma verdient unvorstellbar viel Geld. Unsere Steuerzahler sind ja glücklich über das Kraftwerk, nicht wahr? Die zahlen gerne dafür!« Er schien einem der Männer auf die Schulter zu klopfen. »Sie werden Bürgermeister, dafür sorge ich, Bürgermeister von Manaus. Bald haben Sie Ihre Loge im Theater … wenn Sie schön dichthalten. Und ich?« Er lachte vergnügt. »Ich bekomme eine klitzekleine Entschädigung dafür, dass ich dies alles genehmige und gewisse … sagen wir … ärgerliche Dokumente nicht mehr existieren. Eine klassische Win-win-Situation, wie man so auf Englisch sagt. Alle gewinnen dabei, meine Herren, alle.«

»Jaja«, knurrte der mit dem Akzent. »Aber irgendwie widerstrebt es mir, dass meine Leute etwas bauen, das nicht einmal sinnvoll ist. Der Ruf meiner Firma …«

»Sie waren es, der den Auftrag haben wollte«, sagte der mit der Aufwandsentschädigung. Seine Stimme war sanft, schnurrend beinahe. »Also bitte, jetzt keine unnötigen Skrupel.«

»Ich habe keine Skrupel«, sagte der Firmenmensch. »Ich muss nur sagen, ich hätte dann gerne in diesem schönen Land bald einen Auftrag, der wirklich Sinn hat.«

»Wir werden sehen«, sagte der mit der sanften Stimme. »Im Übrigen – wir ziehen die Flutung vor. Heute wird die Schleuse fertig, ich habe gerade mit dem Bauleiter gesprochen. Es ist im Grunde ja gleich, ob der Rest der Bäume nun gefällt ist oder nicht. Das bisschen Holz können wir aufgeben. Besser sogar: Wir werden die Stämme stehen lassen und sie zum Vogelschutzgebiet erklären, da gewinnen wir vielleicht noch einen internationalen Umweltpreis. Denn wir haben es eilig. Scheinbar ist uns jemand in diesem Waldstück, ich sage mal altmodisch … auf der Schliche. Es gab seltsame Einträge im Internet. Eine Art … Drohung. Jemand versucht, uns auf einer öffentlichen Plattform anzuschwärzen, und behauptet, hier zu sein, ganz in der Nähe. Die Studenten können es nicht sein, der Richter auch nicht, womöglich ist alles frei erfunden … Dennoch, meine Herren, dennoch. Wir sollten das Kraftwerk ohne große Feierlichkeiten ans Netz bringen, ehe es noch einen öffentlichen Aufschrei gibt und wir irgendwelche ausländischen Reporter hier haben.«

»Wann … werden wir also fluten?«

Eine kleine Pause entstand.

»Heute Abend«, sagte der mit der sanften Stimme. »Um Punkt sieben Uhr mit Sonnenuntergang.«

»Das ist … das ist in zwei Stunden – bis dahin sind wir schon so weit?«, fragte der Fast-Bürgermeister beeindruckt.

»Ja. Meine Leute arbeiten rasch und genau«, sagte der mit Akzent. »Aber fluten wir dann die Studenten nicht gleich mit?«

»Exakt«, sagte der mit der sanften Stimme und seine Stimme wurde noch etwas sanfter. »Ein angenehmer Nebeneffekt. Niemand wird sie je finden.«

Ximena holte Luft und Pablo spürte, dass sie aus ihrer Deckung springen und den Männern ihre Wut entgegenschreien wollte. Er hielt sie fest. Davi hielt ihr den Mund zu. Einen Moment kämpften sie stumm, dann entfernten sich die Stimmen der Männer auf der Mauer. Erst jetzt sah Pablo die in diese Mauer eingelassenen Eisentore zu beiden Seiten des Wasserfalls. In zwei Stunden würden sie sich schließen.

»Nein«, wisperte er. »Das werden sie nicht. Niemand flutet irgendetwas. Wir müssen nur den Mechanismus lahmlegen, was, Davi?«

»Richtig«, sagte Davi.

»Und ... wie kommen wir in das Gebäude da drüben, wo die Schalter sind?«, fragte Pablo.

»Keine Ahnung«, meinte Davi und gab Ximena frei. »Ihr seid die aus der Stadt. Ihr kennt euch aus damit, wie man in verschlossene Häuser kommt und sich an Wachleuten vorbeischleicht.«

Da lächelte Ximena auf einmal ganz und gar engelhaft. »Ich bin oft genug im Silberhaus durch ein Fenster geklettert und habe mich am Torwächter vorbeigeschlichen, ich habe Übung«, sagte sie. »Ich dachte mir schon, dass es eines Tages zu etwas gut sein würde.«

DREIZEHNTES KAPITEL,

in welchem die Detektive zu Einbrechern werden, ein nasser Hund sich als nützlich erweist und es am Ende eine überraschende Wendung gibt

Sie warteten noch eine ganze Weile, dann sagte Davi: »Ich glaube, sie sind weg«, und dann schlichen sie an der Mauer entlang. Das Gebäude mit den Turbinen und der »neue« Wasserfall befanden sich auf der anderen Seite und es gab eine neue Brücke dorthin, damit die Bulldozer darüberfahren konnten, denn dort war auch der Beginn der Straße. Die meisten Fahrzeuge waren jetzt dabei, große Baumstämme an schweren Ketten hinter sich herzuschleifen. Die Stämme auf dieser Seite des Flusses schleiften sie zur Brücke, wahrscheinlich, damit man sie auf der anderen Seite über die Straße abtransportieren konnte.

»Besser, wir schwimmen«, sagte Davi. »Sonst stoßen wir auf der Brücke gleich mit den Baumfressern zusammen.«

»Ich … äh … kann nicht schwimmen«, murmelte Pablo und sah dabei niemanden an.

»Dann schwimme ich *dich*«, sagte Davi entschlossen.

Und damit stiegen er und Ximena in den Fluss und Pablo blieb nichts anderes übrig, als ihnen zu folgen. Als er fast nicht mehr stehen konnte, legte Davi einen Arm um Pablos Hals und dann schwamm er los und schleppte Pablo mit. Es war ein äußerst beunruhigendes und irgendwie entwürdigendes Gefühl.

Die Strömung war hier, so kurz vor dem Wasserfall, stark und Pablo hatte Angst, sie würden fortgetrieben werden und den Fall hinunterstürzen. Aber dann schafften sie es gerade noch, das richtige Ufer zu erreichen. Pablo schüttelte sich und nahm sich vor, dringend schwimmen zu lernen.

Doch er hatte keine Zeit, lange darüber nachzudenken. Denn jetzt mussten sie weiter. Sie liefen wieder an der Staumauer entlang, bis zu dem großen grauen Betongebäude, in dem das Herz des neuen Kraftwerks lag.

Auf dem Platz davor standen zwei riesige, lange Lastwagen, die eben mit Stämmen beladen wurden, Männer liefen herum und riefen sich Dinge zu, jemand trank Kaffee aus einem Plastikbecher und telefonierte, Radiomusik drang aus einem Fenster. Ein Generator röhrte und wummerte und erzeugte Strom, den der Fluss noch nicht erzeugte. Es roch nach Diesel. Alles hier war seltsam normal – ein kleines Stück Stadt mitten im Urwald.

Eine lange Treppe führte zu dem Gebäude hoch. Natürlich, es musste so hoch liegen, denn der Boden, auf dem sie jetzt standen, dachte Pablo, wäre bald ein riesiger See.

Und neben dem Gebäude befand sich der neue Wasserfall, dort gab die Staumauer einen Weg für das Wasser frei, das noch nicht da war. Sie gingen hin und sahen hinab und Ximena schüttelte sich. Der Fluss würde über eine glatte Betonwand in die Tiefe stürzen und eine ganze Reihe riesiger Turbinen antreiben, damit sie sich drehten und Strom produzierten. Sie erinnerten ein wenig an die Motorschraube eines Motorbootes oder die Schaufelräder an einem Flussdampfer. Das Ganze hatte gigantische Ausmaße und das neue Metall glänzte so makellos, als wäre ein Stück Technik aus dem Weltraum versehentlich hier im Amazonas gelandet.

»Dass die Fische das hier nicht überleben, wenn sie eingesaugt werden und da herunterfallen, ist klar«, sagte Ximena bitter. »Die Turbinen sehen aus wie scharfe Messer.«

»Aber da ist doch ein Schutzgitter, damit die Turbinen nicht verstopfen«, sagte Pablo, vielleicht um sich selbst zu beruhigen. »Ja, da unten«, sagte Ximena. »Wenn etwas Großes reinfällt, bleibt es da hängen, und dann? Dann hängt es da für immer. Und die kleinen Tiere fallen durch und unten gibt es Fischsuppe.«

»Los«, wisperte Davi. »Wir müssen da rein. Wer von euch kennt sich am besten aus mit Technik und Schaltungen?« Niemand sagte etwas und Davi seufzte. »Okay, also ich. Ihr lenkt die Leute ab.« Er sah sich um. »Unsere drei Freunde sind wieder weg? Das Flugzeug ist nicht mehr da.«

»Irgendwie ist es komisch, ich hab es gar nicht starten sehen«, sagte Pablo. »Und komisch auch, dass sie nur hergekommen sind, um auf der Mauer zu reden, und dann wieder gehen. Und dass wir dann auch noch genau das gehört haben, was wir wissen wollten. Ist das nicht alles ein etwas zu großer Zufall?«

»In Detektivromanen ist das auch immer so«, sagte Ximena. »Die Detektive lauschen und erfahren die wichtigen Dinge. So muss das sein.«

»Aber …«

In diesem Moment kam jemand aus dem Gebäude und ging zu einem der Fahrzeuge, um sich darunterzulegen und etwas zu reparieren.

Der, der den Kaffee getrunken hatte, warf den Plastikbecher weg und schlenderte ebenfalls zu dem offenbar kaputten Lastwagen hinüber. »Die Tür«, wisperte Ximena. »Der Typ hat die Tür offen gelassen! Los!«

Und dann rannten sie, quer über den offenen Platz, und Pablo betete, dass niemand sie sah, der Hund raste voraus wie ein grauer Schatten und wartete an der Tür.

Kurz darauf standen sie in einem langen Korridor. Das Radio brachte jetzt Reklame für Flachbildschirme. »Alles wie in echt – holen Sie sich den Dschungel ins Wohnzimmer!«, dudelte es. Und Pablo dachte, dass der Flachbildschirm genau den Strom fraß, der den Urwald zerstörte. Es war absurd.

Was die Leute alles kaufen und besitzen und in ihre Häuser stellen mussten! Und dann hatten sie nicht mal Zeit hinzugucken, weil sie den gesamten Tag arbeiteten, all die armen Flachbildschirme mussten ganz alleine laufen und zeigten die Bilder den ganzen Tag nur der Wohnzimmerluft. Er hatte das durch die Fenster reicher Leute gesehen.

Das Radio machte jetzt Reklame für Klimaanlagen, dann für eine Firma, die schöne, kühle Schwimmbäder in die Villen reicher Leute einbaute.

»Na, ein Glück, dass sie bald genug Strom für all diese Sachen haben in ihrer Stadt«, zischte Davi.

Und dann schlichen sie leise, leise den Korridor entlang und spähten in die Zimmer, in eins nach dem anderen: Stille, noch unbesetzte Büros. Schränke. Ein Geräteraum mit Putzmittel und Werkzeug. Und dann –

»Hier!«, flüsterte Davi. »Hier ist es!«

Sie schlüpften in einen großen Raum voller Bildschirme und Tastaturen. Es sah aus wie das Cockpit eines Raumschiffs. Auf einer Menge Bildschirme sah man die Umgebung des Gebäudes: den Parkplatz mit den beiden Lastwagen, die Staumauer, die Turbinen …

Auf dem Drehstuhl davor saß ein pummeliger Mann und tat irgendetwas mit seinem Handy.

Nur ab und zu warf er einen Blick auf die Bildschirme.

Das Radio stand neben ihm.

Sie hatten Glück, der Raum war fast dunkel, vermutlich damit man besser sah, was auf den Bildschirmen geschah. Die Detektive duckten sich unter einen Tisch mit allen möglichen Kabeln und Ersatzteilen.

»Mist«, wisperte Ximena. »Angeln geht hier nicht, um ihn abzulenken.«

»Stimmt«, flüsterte Pablo. »Wir haben keine Bäume.«

Davi zeigte stumm auf einen Bildschirm ganz seitlich. Darauf war ein anderer Raum zu sehen, in dem es eine Menge leuchtender Knöpfe an der Wand gab. »Das ist der Schaltraum. Das Herz«, wisperte er. »Da müssen wir hin.«

»Okay. Was ist, wenn über all diese Technik Wasser läuft?«, wisperte Ximena. »Computer mögen doch kein Wasser.«

Pablo war dem Radio dankbar, das jetzt einen Popsong spielte und ihr Geflüster übertönte.

»Haben wir Wasser?«, flüsterte er. Ximena nickte und hob ihren klitschnassen Ärmel hoch. Dann zeigte sie auf den klitschnassen Hund, der neben ihnen kauerte. Zwischen seinen Vorderpfoten saß das klitschnasse Äffchen. Es nieste und schnappte sich eine Fellsträhne des Hundes, um sich die Schnauze abzuwischen.

»Ich gehe den Raum mit der Schaltung suchen«, wisperte Davi. »Wenn ihr mich auf dem Bildschirm da seht, ist es höchste Zeit, den Zoo loszulassen.«

Pablo nickte. Sein Herz schlug jetzt rasend schnell und ihm war heiß. Der Mann mit dem Handy trug an seiner Hüfte in einem Gürtel eine Waffe, er war nicht umsonst ein Wachmann. Pablo fragte sich, ob er sie benutzen würde. Ob er schnell genug war.

Als Davi aus der Tür schlüpfte, merkte er, dass seine Hände zitterten.

Auch Ximena sah nervös aus. Sie fischte etwas aus einem der Rucksäcke. Ein Stück Tortilla, verflixt, was wollte sie jetzt damit? Aus lauter Nervosität essen?

»Wir sind die Furchtlosen Drei«, flüsterte Ximena. Pablo nickte. Aber er fühlte sich überhaupt nicht furchtlos. Er hatte verdammte Angst.

Wenn man ein ganzes Computersystem lahmlegte und sie einen erwischten, was würde geschehen? Er würde das hier niemals abbezahlen können. Würden sie ihn ins Gefängnis werfen? Für wie lange? Für Jahre? Würde er nie mehr in seine marode Villa zurückkehren? Ximena hatte den Silberbaron, der sie sicherlich rettete oder mit seinem Vermögen loskaufte. Davi war sowieso ganz anders, vermutlich rettete er sich selbst mit einem waghalsigen Sprung aus dem Fenster und verschmolz mit dem Fluss und den Resten des Waldes da draußen und seine Leute würden auf ihn warten und ihn mitnehmen, ihn schützen. Aber er, Pablo …? Wen oder was hatte er? Keine Familie, kein Geld, nichts. Wer würde ihm helfen?

Und dann war es so weit. Davi musste den Schaltraum gefunden haben: Er tauchte als schwarz-weiß verpixelte Figur auf dem Bildschirm auf, in dem Zimmer mit den Knöpfen und Schaltern. Einen Moment lang stand er unschlüssig davor. Einige Knöpfe leuchteten, einige nicht.

Niemand war da, niemand außer Davi. In diesem Moment hatte er die Macht über das gesamte Kraftwerk.

Er beugte sich vor, um die Schrift neben den Knöpfen zu lesen. Verdammt, was, wenn er die Schleusen am Wasserfall jetzt schloss? Wenn er genau das Falsche tat? Er streckte die Hand aus – und der Wachmann vor den Bildschirmen sah von seinem Handy auf. Da flüsterte Ximena »Hund!« und warf die Tortilla durch die Luft.

Sie landete vor den Bildschirmen auf der Tastatur und der Hund begriff und machte einen Satz vorwärts. Der Wachmann fuhr auf seinem Drehstuhl herum. Alles geschah jetzt gleichzeitig, der Hund stand mit seinen riesigen grauen und sehr nassen Vorderpfoten auf dem Tisch mit der Tastatur und versuchte, die Tortilla zu fressen, die irgendwie festklemmte. Sie hatte eine Fleischfüllung und die Soße und das Flusswasser tropften aus der

Tortilla und aus dem Hund und machten alles nass und auf dem Bildschirm drückte Davi jetzt einen kleinen, unauffälligen Knopf ganz oben, er musste sich dazu auf die Zehenspitzen stellen, aber der Wachmann sah Davi nicht, denn er starrte den Hund und die Tortilla an, völlig verblüfft.

Dann sprang er mit einem lauten Fluch auf und versuchte, ihn zu packen, ließ dabei sein Handy fallen, erwischte aber den Hund nicht, weil der Hund feucht und glitschig war und keine Lust hatte, erwischt zu werden. »Du blödes Vieh, geh runter da!«, brüllte der Wachmann. »Du machst uns noch alles kaputt hier! Kusch! Sch!«

Der Hund fuhr zurück, in seinen Augen etwas wie »Das ist meine Tortilla, Pfoten weg!«, und dann schüttelte er sich, als wollte er die Berührung des Wachmannes abschütteln, er schüttelte sich sehr ausführlich, Millionen von Tropfen flogen durch die Luft. Der Rio Demini, dachte Pablo, das ist der Rio Demini in Tropfenform, der da fliegt – der Fluss selbst wehrt sich gegen das Kraftwerk.

Und dann rann das Wasser endgültig in die falschen oder eben die richtigen Ritzen – und mit einem elektronischen Fauchen breitete sich eine Störung über die Bildschirme. Alles flackerte und flimmerte, der Mann fluchte noch lauter – und dann erloschen die Bildschirme, einer nach dem anderen.

Ehe Davi verschwand, sah Pablo gerade noch, wie in

dem Schaltraum ein Alarm aufblinkte und dass Davi den Daumen immer noch auf dem kleinen Knopf hielt. Er drehte sich zu ihnen um und grinste und nickte und jetzt holte er mit der Faust aus und ließ sie auf sämtliche Knöpfe der Anlage niedersausen, einmal, zweimal, Pablo hörte direkt das Plastik splittern, obwohl er das Bild natürlich nur sah – und jetzt sah er es nicht mehr, jetzt war auch dieser Bildschirm tot.

»Was zum Teufel …«, begann der Wachmann. »Dios, was tut ihr hier? Seht euch an, was ihr angestellt habt!«

»Entschuldigen Sie, unser Hund ist hier einfach reingelaufen«, sagte Ximena.

Der Hund stand jetzt neben ihr und hechelte brav. »Ich … ich …« Dann konnte Ximena nicht weitersprechen und Pablo begriff, warum: Sie kämpfte mit einem kolossalen Lachanfall.

Der Wachmann machte einen Schritt auf sie zu, packte sie und hob sie am Kragen hoch. Er war ganz rot im Gesicht. »Euer … Hund? Wie kann euer Hund einfach hier hereinlaufen? Und was ist mit dieser Tortilla, die er gefressen hat, ist die auch einfach so von selbst hier hereingeflattert?«

»Ich … ich …«, stotterte Ximena und jetzt hätte sie

vermutlich Angst haben sollen, aber sie kämpfte immer noch mit dem Lachen.

Da fand Pablo seinen Mut wieder und trat vor. »Es war so, Senhor«, erklärte er, »ich habe versucht, den Hund zurückzulocken, von der Tür aus, wir wollten den Raum eigentlich nicht betreten, denn das ist ja sicher verboten, nicht wahr, und dann habe ich diese Tortilla hochgehalten, damit der Hund herkommt, aber wir sind vorhin in den Fluss gefallen, aus Versehen, und da war alles so nass und glitschig, Sie verstehen, und da ist mir die Tortilla ausgerutscht und weggeflogen, ja, und so kam das. Es tut uns aufrichtig leid, Senhor. Wir werden jetzt besser gehen.«

In diesem Moment begann ein Alarm zu heulen, der Wachmann hob den Kopf und lauschte. »Verflixt, aber das können doch nicht die Überwachungsbildschirme ausgelöst haben«, murmelte er. »Das ist der Hauptalarm. Da stimmt etwas mit den Turbinen nicht. Vielleicht ein Fehlalarm, das System ist ja noch ganz neu, eine Fehlschaltung …« Das Heulen wurde lauter, es war wie eine Feuersirene. Pablo hätte sich am liebsten die Ohren zugehalten.

In diesem Moment steckte ein anderer Mann den Kopf zur Tür herein und rief: »Was ist denn da los? Alfredo, was ist passiert? Der Alarm bedeutet, dass die Turbinen blockieren, aber sie laufen doch noch gar nicht … Wer sind *die*?«

»Ja, also, wir müssen jetzt gehen«, sagte Ximena rasch. Aber der Wachmann hielt sie immer noch fest. Da erinnerte Pablo sich an das Totenkopfäffchen auf seiner Schulter und das Äffchen erinnerte sich wohl auch an sich selbst, denn es segelte in einem riesigen Sprung durch die Luft und landete auf dem Kopf des Wachmannes und begann, seine Haare zu zerzausen, woraufhin er Ximena losließ, um, wieder fluchend, mit beiden Händen nach dem Äffchen zu greifen.

Ximena war auf dem Boden gelandet und Pablo und sie schlüpften an dem anderen Typen vorbei durch die Tür in den Korridor, mitten in dem Chaos und Alarmgeheule. Dort trafen sie Davi, der über das ganze Gesicht strahlte. Sie rannten gemeinsam in Richtung Ausgangstür, die drei – oder fünf? – Furchtlosen, denn auch der Hund und das Äffchen waren wieder bei ihnen. Sie hatten das Kraftwerk lahmgelegt, sie hatten den Wald gerettet, sie konnten alles erreichen, alles, sie waren wahre Helden …

Noch zehn Schritte bis zur Tür …

Und dann öffnete sich die Tür von außen und drei Männer traten ein. Männer in hellen, teuren Anzügen. Sie rannten direkt in sie hinein.

Und die Männer griffen zu.

Sekunden später hatte jeder von ihnen eines der Kinder gepackt und hielt es eisern fest, trotz der Nässe.

Diesem Griff konnte sich niemand entwinden. Und der Hund konnte nichts tun, denn ein vierter Mann, einer in Wachuniform, der ebenfalls von draußen gekommen war, hielt den Hund fest.

»So«, sagte der Mann mit der sanften Stimme.

»Das hat ja ganz gut geklappt, was?«

»Senhor!«, rief der Bildschirm-Wachmann von hinten. »Diese Kinder haben die Überwachungsbildschirme zerstört! Und der nasse Hund …«

»Das war zwar nicht der Plan«, sagte der sanfte Mann. »Aber es wird sich reparieren lassen. Das bisschen Wasser … es wird trocknen. Für den Rest … ach, Alfredo, stellen Sie doch den Alarm ab, ja? Er bedeutet ohnehin nichts.«

»Er … bedeutet nichts?«

»Ich habe ihn eingeschaltet«, sagte der sanfte Mann. »Von der zweiten Überwachungszentrale aus. Ich habe auch Zugriff, wie Sie wissen.« Er lächelte. »Diese drei Kinder dachten, sie könnten das Kraftwerk zerstören. Zu dritt! Und als Kinder!« Er schüttelte den Kopf, fast nachsichtig, und schnalzte missbilligend mit der Zunge. »Nein, wirklich. Es reicht, ein Flugzeug umzuparken, um diese niedlichen kleinen Detektive dranzukriegen. Fast wie ein Räuber-und-Gendarm-Spiel, was? Aber ihr seid die Räuber. Wir sind die Gendarmen. Das Recht dieses Landes ist auf unserer Seite.«

»Das ist es nicht! Sie dürfen nicht einfach diesen … diesen Wald fluten und alles kaputt machen, nur damit eine ausländische Baufirma Geld verdient und Sie … Sie auch!«, schrie Pablo. »Das dürfen Sie nicht!« Und auf einmal hatte er keine Angst mehr, er schlug und trat um sich wie ein Wilder.

Aber es nützte nichts. Leider, leider nützte es nichts.

»Ihr habt sooo schön gelauscht, als wir uns auf der Mauer unterhalten haben«, sagte der andere Mann, der, der eine Loge im Theater haben wollte. »Es war wirklich niedlich. Und dann seid ihr direkt hierhergekommen. Ich hätte nie gedacht, dass die Falle so wunderbar funktioniert. Aber ihr hättet wirklich nicht die Überwachungszentrale lahmlegen müssen. Das war … nicht besonders nett.«

»Wir können sie reparieren«, sagte der sanfte Mann. »Und jetzt sorgen wir dafür, dass diese junge Dame nach Hause kommt zu ihrem Großvater. Und dass sie eine Weile Hausarrest bekommt, um sich zu überlegen, was sie da angestellt hat. Und die beiden Jungs …« Er sah die anderen an, zuckte dann mit den Schultern. »Wir haben keine Zeit für aufwendige Umerziehungsmaßnahmen. Menschen, die eine Gefahr für die Gesellschaft sind, sollten eliminiert werden.«

»Sollten was werden?«, fragte Davi.

»Beseitigt«, erklärte der Mann, noch sanfter als zuvor.

»Bringt die beiden hier zu ihren Freunden. Sie können zusammen auf die Flutung warten.« Er sah auf die Uhr, eine wertvolle goldene Armbanduhr. »Es war nicht ganz richtig, was wir vorhin gesagt haben, ihr werdet uns das nachsehen, Kinder. Wir mussten doch dafür sorgen, dass ihr schnell handelt. Ihr werdet also wohl bis morgen früh warten müssen. Bei Sonnenaufgang wird in diesem schönen Land ein neuer Stausee geboren. Und dann werden die Turbinen anlaufen. Nichts hält sie auf.«

Davi spuckte aus, dem Mann vor die Füße, doch es schien ihn nicht zu beeindrucken. Andere Wachleute waren aufgetaucht wie aus dem Nichts und übernahmen es, Pablo und Davi festzuhalten.

»Und … und wir?«, fragte Davi.

»Nun, wenn der Stausee voll ist, sagt ihr der Welt Lebewohl«, erklärte der Mann mit der sanften Stimme. »Aber jetzt raus hier, wir haben noch zu tun.«

»Pablo!«, schrie Ximena. »Davi!«

Sie streckte die Hände nach ihnen aus, aber sie konnte sie nicht erreichen, denn jetzt schleiften die Wachleute Pablo und Davi die Treppe hinunter. Oben, in der offenen Tür, stand ein verzweifelter, nasser Engel mit wildem Haar und lodernden Augen.

Aber er konnte sich nicht rühren.

Auch der Engel wurde eisern festgehalten.

»Komm, Kleine, rufen wir deinen Großvater an«, sagte einer der Wachleute zu dem Engel. »Er macht sich sicher schon Sorgen. Wir sollten zusehen, dass du nach Hause kommst und die ganze Sache vergisst.«

VIERZEHNTES KAPITEL,

in welchem Ximena sehr viele Knoten macht und endlich ganz detektivisch einer Spur folgt, während Pablo jemanden wiedersieht

»So«, sagte der sanfte Mann, »und jetzt zu dir, junge Dame. Du wirst verstehen, dass wir eine Weile warten müssen, ehe wir dich wirklich nach Hause bringen. Aber dir wird nichts geschehen, sei beruhigt. Dieses Zimmer ist vielleicht nicht so luxuriös wie das Silberhaus in Manaus und deine Räumlichkeiten dort, aber es wird dir für ein paar Tage genügen müssen. Wenn hier erst alles seinen geregelten Gang geht, das Kraftwerk läuft und jeder sich von seinem Nutzen überzeugen kann, dann wirst du zu deinem Großvater zurückreisen.«

Sie befanden sich im zweiten Stockwerk des Gebäudes und der sanfte Mann öffnete eine Tür. »Tritt ein, mach es dir bequem«, sagte er so sanft, wie er alles sagte. »Bitte sehr.«

Ximena überlegte kurz, ob es sich lohnte, ihn anzuspucken, aber leider hielt der andere, einer der Wachleute, sie immer noch fest, und zwar so, dass der Spuck-Winkel ungünstig gewesen wäre.

Jetzt schubste er sie unsanft durch die Tür. Sie stolperte und fiel, und als sie wieder aufsah, drehte sich ein Schlüssel im Schloss.

Sie sprang auf, hämmerte mit beiden Fäusten gegen die Tür und schrie die da draußen an.

»Sie können das nicht machen! Das können Sie nicht! Ich werde meinem Großvater alles erzählen, alle werden es wissen! Alle werden wissen, was Sie getan haben!«

»Was haben wir denn getan?«, fragte die sanfte Stimme von draußen. »Ein Mädchen eingefangen, das versucht hat, wertvolle Elektronik zu zerstören und ein mit viel Geld zum Wohle des brasilianischen Volkes gebautes Kraftwerk lahmzulegen.«

»Ich … ich kann denen erzählen, wie es wirklich ist! Dass sie nur das Geld wollen! Dass die Indios …«

»Die Indios haben alle einen Vertrag unterzeichnet, der besagt, dass sie mit dem Bau des Stausees und des Kraftwerks einverstanden sind. Sie haben eine äußerst großzügige Abfindung erhalten. Eine Menge Geld, um umzuziehen. Das werden die Leute erfahren.«

»Aber es ist nicht wahr! Es ist gelogen!«

»Und woher willst du das wissen? Kein Mensch hat diese Indios je gesehen. Sie verstecken sich im Wald, nicht wahr? Sie reden gar nicht mit Leuten wie dir. Wir haben unsere Abfindung und den Vertrag am Flussufer gelassen und sie haben ihn unterschrieben unter einen Stein gelegt.«

»Das … das denken Sie sich doch gerade aus!«, brüllte Ximena. Ihr Hals schmerzte schon von all dem Gebrüll, aber sie war einfach zu wütend. »Ich weiß doch, dass es nicht stimmt!«

»Die Frage ist nur, mein Kind, wem die Leute in Manaus glauben werden«, sagte die sanfte Stimme freundlich. »Dem Mann, der ihnen billigen Strom liefert, um ihre Fernseher und Klimaanlagen und Computer zu betreiben – oder einem kleinen Mädchen, das sich in der Villa seines Großvaters langweilt, weil es nie alleine hinausdarf, und das offenbar eine überbordende Fantasie hat. Jeder weiß, dass die Eltern dieses Mädchens nicht mehr leben. Dass es einsam ist. Einsame Kinder leben in ihrer eigenen Welt. Das Mädchen ist weggelaufen, auch das weiß inzwischen jeder in Manaus, es war in der Zeitung, alle suchen es. Und wir werden es finden. In einem Hinterhof in der Vorstadt, in den Slums, dreckig und zerzaust, angezogen wie ein Straßenjunge. Und wenn dieses Mädchen den Leuten erzählt, es wäre im Dschungel gewesen und hätte mit unkontaktierten Indios gesprochen – nun ja. Was soll ich sagen?« Er lachte leise. »Überbordende Fantasie.«

»Die Indios«, knurrte Ximena, »sind gar nicht so

unkontaktiert. Sie haben Internet. Der Älteste sitzt dauernd auf einem Baum und spiel Subway Surf oder wie das heißt.«

Noch ein Lachen vor der Tür, diesmal lachten alle drei Männer. Sehr herzlich.

»Sie haben recht: überbordende Fantasie«, sagte der Mann mit dem Akzent und dann entfernten sich die Schritte der drei.

Ximena sah sich um. Der Raum war klein, es gab ein Bett darin, vielleicht schlief sonst ein Wachmann hier, und ein winziges Bad mit Toilette und Waschbecken nebenan. Sie setzte sich aufs Bett und stützte den Kopf in die Hände.

Es gab zwei Möglichkeiten.

Heulen und Verzweifeln – oder etwas tun, womit keiner gerechnet hatte. Irgendetwas Großartiges.

Ximena schloss die Augen. Sie war müde. So furchtbar müde. Und auf einmal hörte sie wieder das Lied aus ihrer Erinnerung, das Schlaflied, das die Frau in ihren Träumen gesungen hatte, und sie wurde ganz ruhig. Alles würde gut werden.

Sie sah die Delfine vor sich, die rosa Delfine im Fluss, sie spürte ihre Haut unter ihren Fingern.

Nein. Es würde nicht von selbst gut werden.

Sie musste dafür sorgen, dass alles gut wurde. Es kam jetzt auf sie an, auf sie ganz allein.

Sie ging zum Fenster hinüber und sah hinaus. Verflixt, sie war doch schon oft genug aus dem Silberhaus abgehauen – nein, das stimmte nicht.

Das hatte sie nur zu den Jungs gesagt. In Wirklichkeit war sie nur einmal abgehauen – zusammen mit Pablo. Aber sie hatte es tausend Mal in ihrem Kopf durchgespielt: Wie sie aus dem Fenster kletterte. Sich abseilte. Durch den Garten huschte. Verschwand.

Dies war der zweite Stock. Na und? Man brauchte bloß ein Seil. Sie sah sich um. Natürlich gab es keine Seile in diesem Raum. Aber es gab Dinge aus Stoff. Und auf einmal lächelte sie.

Und legte sich aufs Bett und schloss die Augen. Kraft sammeln war sicher nicht schlecht.

»Wir sind die Furchtlosen Drei«, flüsterte sie in die warme Urwaldluft. »Und ich finde euch. Wartet nur ab.«

Als es dämmerte, hätte man am Rio Demini, beim neuen Staudamm, ein seltsames Bild sehen können, wenn man ungefähr auf Höhe des Wasserfalls durch die Luft geflogen wäre – es war allerdings niemand da, der es sah. Oder doch. Das ein oder andere Faultier hoch in einem Baum, der ein oder andere Affe, der ein oder andere Papagei, und mit Sicherheit wunderten sie sich alle.

Denn aus einem Fenster im zweiten Stock des neuen weißen Gebäudes dort schwebte ein neunjähriges Mädchen mit langem, zerzaustem braunem Haar. Das heißt: Es schwebte nicht wirklich, es hangelte sich an einem Seil hinunter, und wenn man näher hinsah, bemerkte man, dass es kein gewöhnliches Seil war. Es bestand aus lauter zusammengeknoteten Dingen: einem Bettlaken, einem Bettbezug, einem alten grauen Hemd und einer Hose.

Das Mädchen, das natürlich Ximena hieß, war bis auf die Unterhose nackt.

Das Bettlaken-Kleider-Seil reichte bis etwas unterhalb des ersten Stocks. Dort zögerte Ximena. Denn der Felsvorsprung unter ihr war schmal. Direkt darunter brach der Boden ab, dort ging es in die Tiefe, in die auch der Wasserfall neben dem Gebäude fiel. Schließlich murmelte Ximena: »Wir sind die Furchtlosen Drei« – es war wie eine Beschwörungsformel – und ließ das Seil los.

Und fiel.

Und landete dicht neben der Mauer. Einen Moment hatte sie Angst, in die Tiefe zu stürzen, doch dann fing sie sich. Nachdem sie aufgehört hatte zu zittern, schlich sie sich, dicht an die Hauswand gedrückt, um das Gebäude herum zur Vorderseite. Von vorne war das Gebäude beleuchtet und sie machte, dass sie wegkam von dem Licht, hinein in die Dunkelheit, doch der Parkplatz war leer. Niemand sah, wie sie forthuschte.

Neben dem Parkplatz begann wieder der Wald, umschloss sie mit seinem grünen, moderigen Duft.

»Spuren«, murmelte Ximena vor sich hin, »ich muss Spuren finden. Die Spuren von Pablo und Davi … Ich muss herausfinden, wo sie sie hingebracht haben …«

Das Problem war: Außerhalb des Lichts war es dunkel. Ximena hatte keine Taschenlampe, sie hatte gar nichts, denn die Rucksäcke der Männer und Pablos alte bunte Umhängetasche hatten die Wachleute behalten.

Sie schlich eine Weile einfach geradeaus in den Wald hinein, spürte die Tiefe zu ihrer Linken, hörte den Wasserfall irgendwo rauschen und blieb dann stehen.

»Das ist Unsinn«, sagte sie zu sich selbst. »Ich werde nichts und niemanden finden. Ich könnte mich hierhin setzen und warten, bis es Morgen wird, vielleicht sehe ich dann Spuren … aber vielleicht ist es dann zu spät …«

Sie ballte die Fäuste vor Ärger. In diesem Moment raschelte es direkt neben Ximena und etwas Weiches, Warmes drückte sich gegen ihr Knie. Sie schrie auf. Allerdings wie gute Detektive, nur leise. »Hola?«, flüsterte sie dann. »Hallo? Wer … wer ist da?«

Doch sie bekam keine Antwort.

Ein Tier, dachte Ximena, es ist kein Mensch, sondern ein Tier, und sie fragte sich, was für eines, denn sie sah nichts. Der Urwald war – noch – voller Tiere und sicher waren sie wichtig und man sollte sie schützen, aber in diesem Moment hätte sie sich gewünscht, dass dieses spezielle Tier nicht da war. Denn sie hatte eine verflixte Angst vor ihm.

War es ein Tier auf der Jagd? Schmiegte es sich an sie, um sich im nächsten Augenblick auf sie zu stürzen und sie als Nachtimbiss einzunehmen? War es … eine riesige Schlange? Nein, sagte sich Ximena, es war zu warm. Und auch zu weich. Es hatte Fell.

Jaguare hatten Fell.

Jaguare schmiegten sich an, wie große Katzen.

Jaguare … Moment, hechelten Jaguare? Und … stanken sie nach nassem Hund?

»Hund«, flüsterte Ximena, »bist du das?« Die Antwort bestand darin, dass ihr eine große, raue Zunge übers Gesicht leckte. Der Hund musste sich auf die Hinterpfoten gestellt haben: Seine Vorderpranken lagen auf Ximenas bloßen Schultern, was schrecklich kitzelte.

»Oh, du bist es, du bist es wirklich!«, wisperte sie und umarmte den Hund. »Du bist den Männern entkommen, ja? Zum zweiten Mal! Oder haben sie dich einfach vergessen? Wo haben sie Davi und Pablo hingebracht? Wo?«

Der Hund hatte keine Antwort auf diese vielen Fragen, er hechelte nur weiter und drückte seinen Kopf an sie und sie streichelte ihn und hätte am liebsten geheult. Aber dann tat sie das nicht, denn der Hund löste sich doch noch von ihr und lief ein Stück weg, bellte ganz leise, wartete offenbar.

»Ich komme«, flüsterte Ximena. »Ich komme.«

Sie tastete sich bis zu ihm und fasste ihn am Halsband, um ihn nicht zu verlieren. »Los«, wisperte sie. »Gehen wir! Führ mich! Du weißt, wo sie sind, ja?«

Und so wanderten sie los, quer durch den dunkelschwarzen, schwarzdunklen Urwald, kletterten über Baumstämme, krochen durch Gebüsch – der Hund nahm den kürzesten Weg, es war nicht unbedingt der beste für Detektive, aber Ximena war ihm trotzdem unendlich dankbar. Ohne den Hund wäre sie verloren gewesen. Es ging jetzt steil abwärts, sie rutschte über moderige Blätter und feuchte Erde hinunter, hielt sich an Stämmen und Ästen und weiter am Hund fest, sie glitten zusammen in die Tiefe, kletterten, krabbelten, fanden Felsen und mehr feuchte Erde, es war eine seltsame blinde Talfahrt, Ximena sah immer noch nichts und sie dachte die ganze Zeit über: Wenn wir fallen, wenn wir fallen, wenn wir fallen … Dann liege ich irgendwo da unten mit einem gebrochenen Bein im Wald und komme nicht weiter …

Aber sie fielen nicht. Sie erreichten wieder flaches Gelände und einen Moment blieb Ximena stehen und atmete nur. »Jetzt sind wir am Fuß des Wasserfalls, ja?«,

fragte sie und der Hund sagte etwas wie »Wuff«, ein knappes Ja.

Er führte sie weiter durch Blätter und Lianen, durch die raschelnden, wispernden, lauernden Nachtgeräusche des Urwaldes, und dann war der Dschungel auf einmal zu Ende. Dann blieb der Hund stehen.

Und neben Ximena erhob sich etwas riesiges Schwarzes. Hier gab es ein wenig Mondlicht, die Bäume schlossen es nicht mehr aus. Und sie sah.

Sie sah eine unendlich hohe Betonwand, beinahe ganz senkrecht. Eine Wand zu ihrer Linken und ein Flussbett ohne Fluss vor sich. »Dorthin leiten sie den Rio Demini um«, wisperte sie. »Nicht wahr? Er wird über diese Wand hinunterfallen, in einem künstlichen Wasserfall. Und dann trifft er erst weiter unten sein altes Bett wieder. Der Arme. Es wird ihm nicht gefallen in diesem neuen Bett. Es ist so gerade. Sicher ist es unbequem.«

Sie hob den Kopf und sah an der steilen Betonwand empor. Weit oben, über einer Art Stufe im Beton, glänzten im Mondlicht die Turbinen. Bald würde das Wasser sie drehen, rasend schnell, unaufhörlich im Kreis, wie ein

Saftmixer im Fluss, und alles zerstückeln, was ihnen in die Quere kam.

»Okay, wir sind unter den Turbinen«, sagte Ximena. »Aber was bedeutet das? Was soll ich hier tun? Wolltest du es mir nur zeigen? Dieses neue Flussbett?« Sie kniete sich hin und nahm den Kopf des Hundes zwischen die Hände, um ihn eindringlich anzusehen. »Wo sind sie? Wo sind Pablo und Davi und die Studenten?«

»Wuff!«, sagte der Hund und warf den Kopf zurück. »Hier?«, fragte Ximena. »Willst du sagen: Sie sind hier? Aber wo – hier?« Sie sah sich um. Da war nichts, nur der flusslose Fluss und der Wald hinter ihnen und die Betonwand.

»Wo sind wir?«, fragte Pablo.

Sie nahmen ihm die Augenbinde ab und er fand sich neben Davi wieder, im Halbdunklen.

»Das braucht ihr nicht so genau zu wissen«, sagte einer der beiden Männer, der sie hergebracht hatte.

»Aber – wenn Sie uns sowieso alle kaltmachen, wozu dann das Spiel mit den Augenbinden?«, fragte Davi. »Wie sollen wir etwas weitererzählen, wenn wir tot sind?«

»Ihr seht noch ziemlich lebendig aus«, sagte der Mann. »Und man weiß nie.«

Vorhin war alles zu schnell gegangen. Die Männer hatten übernommen, als Pablo und Davi schon nichts mehr gesehen hatten, und nun erkannte Pablo sie.

Es waren die beiden abgemagerten Goldsucher, die der Hund in den Fluss gestoßen hatte.

»Sie«, sagte er.

»O ja, wir«, sagte der grimmigere der beiden und spielte mit einer Waffe. Dabei war seine Waffe im Fluss geblieben. Sein Auftraggeber musste ihm eine neue gegeben haben, dachte Pablo. Wahrscheinlich besaß er da oben in der Schaltzentrale ein ganzes Zimmer voller Waffen. »Wir haben also doch gewonnen, wie es aussieht. Die Guten gewinnen immer. Das sind wir.«

»Haha«, sagte Davi.

Mehr konnte er nicht sagen, denn jetzt stieß der grimmige Mann sie beide unsanft vorwärts, weiter hinein in die Dunkelheit, dorthin, wo sie wirklich komplett dunkel war, und Pablo verlor das Gleichgewicht und fiel, landete auf den Knien auf kaltem Steinboden, schüttelte verwirrt den Kopf. Er spürte, dass Davi neben ihm ebenfalls auf dem Boden saß.

Hinter ihnen entfernten sich die Schritte der Männer, dann hörten sie, wie sich eine Tür schloss.

Und dann – dann war da ein Licht. Ein Streichholz. Und gleich darauf – die Flamme einer Kerze.

Dahinter gab es ein Gesicht im Dunklen. »Das ist unsere vorletzte Kerze«, sagte das Gesicht.

Ein wohlbekanntes Gesicht, freundlich und ernst, mit etwas zusammengekniffenen Augen.

»Miguel«, sagte Pablo. »Ich … ich habe deine Brille!«

»Falsch«, sagte Davi. »Der Affe hat seine Brille.«

Und er nahm sie dem Äffchen weg und gab sie Miguel, der sie aufsetzte. Jetzt kniff er die Augen nicht mehr zusammen. »Pablo«, sagte er. Dann gab er die Kerze dem, der neben ihm saß, und zog Pablo in seine Arme. Er hatte ihn noch nie umarmt, aber es war gut, umarmt zu werden, Pablo atmete Miguels vertrauten Geruch nach Pfefferminzbonbons und Papier und Büchern und Tinte, obwohl Miguels Kleidung jetzt auch nach Urwald und Dreck und Schweiß roch. Und als Miguel ihn wieder losließ, gewöhnten sich seine Augen an das Kerzenlicht und er sah, dass eine Menge junger Leute hier saßen. Sie waren alle zerzaust und abgerissen und dreckig, aber im Moment stand in ihren Gesichtern vor allem eine ungläubige Überraschung.

»Der Hund hat dich also gefunden«, sagte Pablo. »Meine Güte, ich hätte nie gedacht, dass du es schaffst herzukommen. Aber jetzt sitzt du bei uns und es nützt alles nichts, was?«

»Willkommen in der Höhle der Vergessenen«, sagte eine tiefere Stimme und Pablo entdeckte weiter hinten in der Höhle einen älteren Herrn in einem ziemlich mitgenommenen weißen Hemd und einem Jackett. »Du bist also Pablo, von dem Miguel so viel erzählt hat. Pablo, auf den wir all unsere Hoffnungen setzen. Mein Name ist Philippe Gonzalez, ich war einmal Richter am obersten Gericht von Manaus.«

»Sie … Sie sind der, der das Kraftwerk eigentlich … sozusagen … verboten hat?«, flüsterte Pablo und sah den alten Herrn voller Ehrfurcht an.

»Ja. Für genau fünf Minuten«, sagte Senhor Gonzalez und schob seine Brille zurecht. »Dann bin ich in mein Auto gestiegen und das war ein Fehler.« Er lachte leise. »Denn darin saß schon jemand und der bestand darauf, mich an diesen wunderschönen Ort zu bringen, mitten im Urwald. Und wer ist der Junge, der bei dir ist, Pablo, unser Retter? Und wie seid ihr überhaupt hierhergekommen?«

»Das ist Davi«, sagte Pablo. »Und der Rest ist eine lange Geschichte.«

»Und natürlich nützt es etwas, dass wir hier sind!«, sagte Davi. »Wir sind drei. Sie haben nur zwei von uns hier eingesperrt, wie du siehst.« Er grinste.

»Die Dritte ist noch da draußen.«

»Das ist sie nicht«, sagte Pablo mit einem Seufzen. »Davi. Du weißt doch, dass sie sie auch geschnappt haben. Sie bringen sie zurück nach Manaus.«

»Da wäre ich mir nicht so sicher«, sagte Davi. »Ximena ist schlauer, als du denkst. Sie holt uns hier raus. Sie muss uns nur finden. Wo sind wir?«

»Das weiß keiner von uns«, antwortete das Mädchen neben Miguel, das jetzt die Kerze hielt. »Es ist eine Art Höhle im Felsen und sie haben sie vorn mit einer Tür verschlossen. Es gibt nach hinten keinen Ausgang, wir haben alles abgesucht.« Sie schluckte. »Mein Hund … ist er noch da draußen?«

»Oh, es ist dein Hund«, sagte Pablo und sah sich um. »Hm. Ja. Er muss entkommen sein.«

»Ich vermisse ihn«, sagte das Mädchen. »Ich werde ihn wohl nie wiedersehen. Sie haben gesagt, wenn sie den Stausee fluten, läuft die Höhle voll Wasser, und ich fürchte, das war es dann für uns.«

»Warte, ihr habt schon mal eine Botschaft geschickt, oder?«, fragte Davi. »Wie habt ihr das gemacht? Wie ist der Hund rausgekommen?«

»Gar nicht«, sagte Miguel. »Er war die ganze Zeit über draußen. Es gibt neben der Tür eine Ritze, der Felsen ist nicht ganz regelmäßig dort, und man kann am Türrahmen vorbeigreifen. Mehr als eine Hand passt da nicht durch.

So haben wir den Zettel hinausgebracht und Anita hat ihn am Halsband des Hundes befestigt. Durch die Ritze.«

Davi streichelte das Äffchen, das sich in seine Haare gekuschelt und mit ein paar mehr Haaren zugedeckt hatte.

»Wenn eine Hand durch die Ritze passt, passt auch ein kleiner Affe durch«, sagte er. »Habt ihr noch ein Stück Papier für eine zweite Botschaft?«

FÜNFZEHNTES KAPITEL,

in dem mehrere Leute eine Nachricht erhalten und ein Hund über dem Urwald fliegt

Ximena setzte sich ans Ufer des flusslosen Flussbetts und der Hund gähnte und legte sich mit einem tiefen Seufzen neben sie. Als gäbe er es auf, Ximena zu sagen, wo die Spur der Gefangenen endete, die er gewittert hatte, weil sie es ohnehin nicht verstand.

Ximena legte müde den Kopf auf die Knie und schloss für einen Moment die Augen.

Da spürte sie, wie etwas Weiches in ihrem Haar landete, und sie öffnete die Augen wieder. Etwas baumelte vor ihrem Gesicht. Ein Stück Papier. Sie griff verwirrt danach und merkte, dass eine Pfote das Stück Papier hielt.

Eine kleine Affenpfote. Jetzt ließ der Affe das Papier los und Ximena hielt es dicht vor ihre Augen, um im blassen Licht des Mondes zu lesen, was darauf stand:

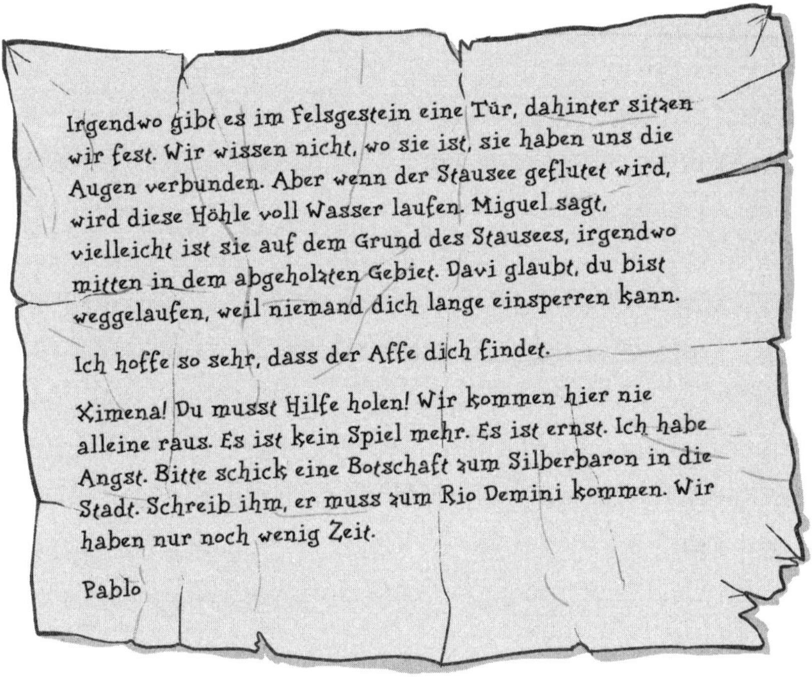

Irgendwo gibt es im Felsgestein eine Tür, dahinter sitzen wir fest. Wir wissen nicht, wo sie ist, sie haben uns die Augen verbunden. Aber wenn der Stausee geflutet wird, wird diese Höhle voll Wasser laufen. Miguel sagt, vielleicht ist sie auf dem Grund des Stausees, irgendwo mitten in dem abgeholzten Gebiet. Davi glaubt, du bist weggelaufen, weil niemand dich lange einsperren kann.

Ich hoffe so sehr, dass der Affe dich findet.

Ximena! Du musst Hilfe holen! Wir kommen hier nie alleine raus. Es ist kein Spiel mehr. Es ist ernst. Ich habe Angst. Bitte schick eine Botschaft zum Silberbaron in die Stadt. Schreib ihm, er muss zum Rio Demini kommen. Wir haben nur noch wenig Zeit.

Pablo

»Schick eine Botschaft in die Stadt?«, murmelte Ximena und nahm das Äffchen von ihrem Kopf. »Aber wie soll ich das denn machen? Du bist ein Affe, keine Brieftaube. Und der Hund ist auch keine Brieftaube.«

Das Totenkopfäffchen schüttelte sich und sah dabei aus, als zuckte es mit den Schultern. Dann kletterte es auf den Hund und begann, sich seelenruhig zu putzen. Es schien zu glauben, dass Ximena schon alles richtig machen würde. »Du bist keine Hilfe«, sagte sie. Und dann: »Doch. Entschuldigung. Danke, dass du mir den Brief gebracht hast. Wenn ich nur gesehen hätte, woher du gekommen bist! Wo ist diese verflixte Höhle?«

Aber auch darauf gab das Äffchen leider keine Antwort.

»Wie verschickt man eine Botschaft?«, fragte Ximena und sprang auf, um nachzudenken. »Wie verschickt man … Man klebt eine Briefmarke auf einen Umschlag und wirft ihn ein … Und der Postbote bringt den Brief zur Zentrale und dort werden alle Briefe in ein Auto geladen … oder in ein Flugzeug … in ein Flugzeug!« Sie blieb stehen. »Na klar! Die Typen sind mit einem Flieger gekommen. Hund, komm. Wir müssen den ganzen blöden Steilhang wieder hoch. Vielleicht steht der Flieger da oben noch. Beten wir, dass sie erst heute früh fliegen.«

Der Affe turnte ihnen voraus in den Dschungel, doch dann sah Ximena ihn nicht mehr und ließ sich wieder von dem Hund führen. Er schien nach den ersten paar Metern zu verstehen, was sie wollte, und so machten sie sich an den mühsamen Aufstieg. Ximena kletterte durch die Felsen neben dem Wasserfall hoch, hielt sich an Ästen und Wurzeln fest, die zwischen dem Gestein wuchsen, musste manchmal den Hund hochziehen und hatte oft Angst zu fallen, aber schließlich hatten sie es geschafft.

Und dann standen sie wieder oben neben dem Parkplatz, auf dem die beiden riesigen Lastwagen voller langer Baumstämme auf ihre Abfahrt warteten. Gerade stieg die Sonne aus dem Urwald wie ein verschlafener runder roter Riesenpapagei, der über die Baumwipfel aufflog, um den Tag zu begrüßen. Ximena ging um die Lastwagen herum – und da, da stand der kleine Flieger, der so sehr aussah wie ein Spielzeug.

Sie atmete auf. Er war noch da. Aber wann würde er fliegen? Würde er überhaupt an diesem Tag fliegen? Oder blieben die Männer hier, um zuzusehen, wie der Stausee geflutet und die Turbinen angeworfen wurden? Dann wäre es zu spät, dann würde keine Botschaft den Silberbaron erreichen, denn zu Fuß und mit dem Boot dauerte es bis Manaus drei Tage …

Ximena setzte sich auf einen umgefallenen Baum im Blätterdickicht hinter dem Parkplatz und begann zu warten. Der Sonnenpapagei wurde orange und danach gelb und löste seine warmen Flügel endlich von den Bäumen. Aus dem großen weißen Schaltgebäude hörte man jetzt Stimmen, die sich Dinge zuriefen. »Sie haben gemerkt, dass ich weg bin«, flüsterte Ximena dem Hund und dem Äffchen zu, die bei ihr warteten, und lachte leise.

Und dann näherten sich die Stimmen über den Parkplatz.

»… mir leid, dass wir nicht helfen können, sie zu suchen, aber ich muss wirklich zurück nach Manaus«, sagte der Mann, der eine Loge im Theater haben wollte. Der zukünftige Bürgermeister von Manaus, dachte Ximena bitter. »Ja, und mich ruft die Hauptstadt«, sagte der andere, der mit der sanften Stimme. »Aber Sie werden sie rasch finden, da bin ich mir sicher. Die Männer helfen ja alle. Sie melden sich, wenn Sie sie haben, ja? Und diesmal setzen Sie sie besser fest. In einem Raum ohne Fenster. Ketten Sie sie an, wenn nötig. Dieses Mädchen wird ein paar Tage bleiben.«

»Und wenn sie nie mehr auftaucht?«, fragte der Mann mit dem Akzent.

»Oh, Sie meinen, wenn sie einfach für immer im Urwald verschwunden bleibt?«, fragte der Mann mit der sanften Stimme. »Wie ihre Eltern? Sie meinen, Sie beseitigen sie und die … nun, sagen wir, sterblichen Überreste werden nie gefunden?«

»Das meinte ich eigentlich nicht«, sagte der Mann mit dem Akzent. »Ich meinte, was, wenn ich sie nicht finde?«

Der sanfte Mann öffnete eine kleine Klappe hinten am Flugzeug und verstaute einen Koffer.

»Oh, Sie finden sie besser«, sagte er und schlug die Klappe wieder zu – mit so wenig Sanftheit und so viel Wut, dass Ximena zusammenzuckte. »Egal, ob Sie sie später nach Manaus zurückschicken oder dafür sorgen, dass sie verschollen bleibt. Wir können auf keinen Fall riskieren, dass sie da draußen frei herumläuft und wilde Geschichten erzählt über …« Den Rest hörte Ximena nicht mehr, denn jetzt waren die Männer dabei, in den

Flieger zu steigen. Nur der mit dem Akzent blieb draußen stehen. Der Pilot stieg ebenfalls ein und startete die Maschine, die zu lärmen begann.

Ximena schob Pablos Zettel unter das Halsband des Hundes. »Zum Silberbaron«, sagte sie, zum zehnten oder zwanzigsten Mal, in das Ohr des Hundes. »Du warst schon da. Du musst zurück und ihn finden. Mein Geruch, du musst meinem Geruch folgen, dann findest du das Haus, denn da wohne ich. Habe ich gewohnt. Los.«

Der Mann mit dem Akzent hob die Hand zum Gruß und drehte sich dann um, um zurück zum Schaltgebäude zu gehen, und das, fand Ximena, war sehr zuvorkommend von ihm. Denn so konnte er nicht sehen, was jetzt geschah, und das war besser so.

Es huschten nämlich ein Mädchen und ein Hund über den Platz und näherten sich dem Flugzeug von hinten, wo niemand sie sah, und dann öffnete das Mädchen die Gepäckklappe und der Hund sprang hinein.

Der Motor des Flugzeugs röhrte lauter und lauter – und das Mädchen, das niemand sah, hechtete zurück in ihr Versteck im Dickicht. Sekunden später rollte der Flieger an, rollte die unfertige Straße entlang und erhob sich in die Luft.

Er stieg über dem grünen Urwald auf, kreiste einmal über dem zukünftigen Stausee, über den gefällten Bäumen, wo nichts mehr grün, sondern alles braun und voller Reifenspuren war, und drehte dann ab in Richtung Südosten. Nach Manaus.

»Glaubst du, der Affe findet sie?«, fragte Pablo. »Glaubst du, sie schafft es, eine Botschaft zu schicken?«

»Klar«, sagte Davi. »Ximena schafft alles.«

Aber er klang nicht völlig überzeugt. »Wenn nicht …«, begann Pablo und brach ab.

»Es tut mir leid, Pablo«, sagte Miguel und legte einen Arm um ihn. »Es ist unsere Schuld. Wir waren dumm. Wir hätten wissen müssen, dass man sich nicht einfach gegen etwas so Großes wenden und demonstrieren kann. Und glauben kann, man kommt damit davon.«

»Doch! Genau das muss man tun!«, rief Davi. »Natürlich muss man das! Ihr hättet es nur etwas schlauer anfangen müssen. Ihr hättet die wichtigen internationalen Reporter gleich mitnehmen müssen. Damit die Welt direkt von allem erfährt. Das ist der Trick, das weiß ich aus dem Internet. Man muss die Sachen sofort allen zeigen. Dann trauen sich die Fiesen nicht, so was wie das hier zu tun. Einen verschwinden zu lassen.«

»Recht hat er«, brummte Senhor Gonzales.

Miguel lachte. »Nein. So einfach ist es nicht. Die wichtigen Reporter aus anderen Ländern kommen nicht einfach so, wenn man mit den Fingern schnipst. Dazu muss man schon eine interessante Geschichte und interessante Bilder haben, die sie neugierig machen. Wir dachten, wir veröffentlichen die Bilder von der Baustelle und unserer Demo und dann … Na ja. Es hat nicht geklappt.«

Pablo hatte ihn nie so hoffnungslos gehört und er legte eine Hand auf Miguels Arm. »Es war sicher eine sehr schöne Demonstration.«

»Oh, willst du sie sehen?« Das Mädchen, das neben Miguel saß, lachte leise. »Wir haben Fotos davon. Einen Film sogar. Hier, auf meiner Kamera. Sind auch ein paar Bilder von uns in der Höhle drauf. Guck mal, ich mache eins von euch …« Sie hob die Kamera und ein Blitz erhellte die Höhle. »Schade bloß, dass die Kamera mit uns untergehen wird«, sagte das Mädchen.

»So ein Mist«, sagte Davi. »Irgendwo auf einem Baum da draußen sitzt unser Ältester und hat Internet und könnte die Bilder verschicken. An alle Welt. Stattdessen zieht er demnächst mit den anderen nach Norden, Richtung Venezuela, und ist wie alle der Meinung, man könne sowieso nichts ändern.«

Er sprang auf. »Wie ich diesen Satz hasse! Man kann sowieso nichts ändern! Natürlich kann man! Wir … wir müssen! Wir müssen hier raus!«

Er hämmerte mit den Fäusten gegen die Felswand der

Höhle und knurrte wie ein wütendes Tier. »Ich lasse mich doch nicht einfach in einer blöden Höhle ertränken! Wie spät ist es?«

»Die haben alle Handys eingesammelt«, sagte das Mädchen. »Und damit die Uhrzeit.«

»Nein, ich habe eine Armbanduhr«, sagte Miguel. »Blitz noch mal mit der Kamera.«

Ein weiteres grellweißes Licht erhellte die Höhle und die Gesichter der Studenten, die wartend darin kauerten, wirkten geisterhaft.

»Zehn Uhr morgens«, sagte Miguel. »Dann läuft die Flutung jetzt seit ein oder zwei Stunden. Sie haben das Wehr geschlossen, der Wasserfall liegt trocken. Ungefähr bei Sonnenuntergang dürfte der neue See voll sein. Dann öffnen sie das weite Wehr und die Turbinen beginnen zu arbeiten.«

»Aber das werden wir nicht mehr erleben«, sagte irgendjemand.

»Wenn wir wüssten, wie lange es dauert, bis das Wasser diese Höhle erreicht«, murmelte Pablo. »Wenn wir bloß wüssten, wo wir sind!«

Davi setzte sich wieder hin und seufzte.

»Wie habt ihr eigentlich damals das Internet kennengelernt?«, fragte Pablo nach einer Weile. »Ich meine, es kam nicht einfach vorbeimarschiert und hat euch einen Laptop und eine Solarplatte gebracht, oder?«

»Oh, das ist eine komische Geschichte«, sagte Davi. »Als ich noch ein Baby war, hatten wir zwei Besucher von außerhalb. Ich kenne die Geschichte nur aus Erzählungen. Sie haben meinen Stamm zufällig gefunden, sie haben die Delfine erforscht … oder so … Die Frau war krank, glaube ich. Sie sind eine Weile geblieben und meine Leute haben ihnen geholfen … Und als sie wieder gingen, ist mein Vater mit ihnen losgezogen. Er hat zum ersten Mal den Wald verlassen und ist mit dem Laptop zurückgekommen und dem ganzen Kram. Meine Mutter sagt, er hätte damals allen erklärt, dass es wichtig ist, mit der Welt reden zu können. Und nachzusehen, was überall passiert. Damit wir mehr verstehen. Und damit wir uns wehren können, wenn jemand versucht, uns zu schaden. Alle haben ihn für verrückt erklärt. Ich erinnere mich nicht an ihn.«

»Wo … wo ist er denn jetzt?«

»Tot«, sagte Davi. »Wahrscheinlich. Eines Tages ist er von der Jagd nicht zurückgekehrt. Das passiert. Der Laptop schlief lange Zeit in seiner schwarzen Tasche. Bis ich ihn gefunden habe, als ich älter war. Das ist jetzt ein paar Jahre her. Meine Mutter wusste noch, wie man ihn anmacht, sie hatte meinem Vater zugesehen und eine Menge von ihm gelernt, auch wenn er das gar nicht wusste, glaube ich … Sie wusste, wie man die Solarplatte anschließt und alles. Sie hat mir gezeigt, was sie konnte, und den Rest habe ich mir selbst irgendwie erarbeitet. Ich bin dann losgezogen, um uns wieder eine Verbindung zu besorgen. Man muss so was ja kaufen. Ich habe Dinge in dem Stelzendorf am Fluss gegen Geld getauscht, ein paar Felle, Fleisch … und habe mich durchgefragt. Keiner von meinem Stamm wusste, dass ich das getan habe, sie hätten es mir vermutlich verboten, aber ich habe es geschafft, jemand hat mir geholfen, so ein Teil für eine Internetverbindung zu besorgen. Ich habe denen nicht gesagt, wo mein Stamm lebt, ich habe ihnen eine ganz falsche Richtung gezeigt … Und dann bin ich zurückgegangen in den Wald, auf einem Umweg. Und jetzt gehe ich einmal im Monat in den Ort, wegen der Verbindung. Und sie halten mich nicht mehr alle für sooo verrückt im Shabono. Sie hatten alle Spaß daran, Portugiesisch zu lernen, es war lustig, dass einem jemand im Computer die Wörter vorsagt … Weißt du, unkontaktiert sein ist eine schöne Sache, Bananen und Mais ernten, jagen, in den Tag leben … Aber auf die Dauer wird es langweilig für manche jungen Leute. Ich glaube, alle jungen Leute sind durstig nach Wissen. Und nach Abenteuern.«

»Für mich klingt es sehr abenteuerlich, im Wald zu leben und keinen Kontakt zur Außenwelt zu haben«, sagte das Mädchen neben Miguel. »Ich glaube, ich würde das gerne tun. So leben wie ihr. Ich habe die Nase voll von Dingen wie Städten und Straßen und Lärm.«

»Ach, Gita«, sagte Miguel und lachte.

»Nein, im Ernst, wenn ich die Wahl hätte«, sagte Gita, »wenn ich wieder hier rauskäme … Könntest du dir das vorstellen? Im Wald zu leben?«

Etwas raschelte und Pablo stellte sich vor, dass Gita sich im Dunkeln an Miguel gelehnt hatte. »Wir könnten das zu zweit tun«, flüsterte sie. »Oder zu dritt. Mit dem Hund.«

»Wenn wir frei wären«, flüsterte Miguel. »Wenn der Hund hier wäre.«

»Ja«, wisperte Gita.

Und Pablo fragte sich, ob Gita Miguels Freundin war. Es war ein komischer Gedanke, dass Miguel eine Freundin hatte. Pablo spürte einen kleinen eifersüchtigen Stich.

»Und dein Vater ist einfach nicht mehr zurückgekommen?«, fragte Gita. »Woher weißt du, dass er tot ist?«

»Ich weiß es nicht, ich nehme es an«, sagte Davi. »Der Urwald verschluckt eine Menge Wahrheiten.«

Weit weg, in Manaus, öffnete ein alter Herr eine Hintertür. Etwas hatte lange daran gekratzt.

Der alte Herr stützte sich auf einen Stock mit silbernem Knauf und hatte silbernes Haar. Bis eben hatte er in seiner großen Bibliothek in einem Buch gelesen und nun blinzelte er ins Sonnenlicht.

Er war müde, er schlief seit zehn Jahren nicht mehr gut, aber in den letzten Tagen hatte er fast gar nicht geschlafen. Er war durch die Stadt gestreift und hatte seine Enkelin gesucht.

Eine Menge Leute suchten sie und sie hatten ihm gesagt, dass er zu Hause bleiben und abwarten solle, aber wie konnte er warten, wenn sie da draußen war?

Sie wusste nicht, wie sehr er sie liebte. Er war nie gut darin gewesen, es ihr zu zeigen.

Wenn er sie ansah, erinnerte sie ihn immer an seinen Sohn und das tat weh und deshalb hatte er versucht, sie nicht zu oft anzusehen – aber natürlich liebte er sie, natürlich.

Er dachte an all das, als er da blinzelnd im Sonnenlicht stand, denn für einen Moment hatte er geglaubt, sie wäre es, die vor der Tür stand.

Natürlich war sie es nicht, sagte er sich: Ximena war ein Mensch, sie kratzte nicht an Türen.

Vor dem alten Herrn saß ein großer grauer Hund mit kurzem, schmutzigem Fell und langer, schmaler Schnauze. Unter seinem Halsband klemmte ein Zettel.

Der alte Herr stieg, etwas mühsam, die Stufen zum Hinterhof seines großen Hauses hinunter und stand dann auf dem sorgfältig geharkten Kiesplatz, den kleine Bäume umrahmten. Sein Sohn hatte dahinter immer Versteckengespielt und die Steine für seine Steinschleuder benutzt. Er schob den Gedanken fort, bückte sich und zog den Zettel unter dem Hundehalsband hervor.

Las. Runzelte die Stirn. Las noch einmal.

Es war nicht Ximena, die den Zettel geschrieben hatte. Aber es war jemand, der Ximena kannte. Jemand, der ihn an Ximena geschrieben hatte.

»… im Felsgestein eine Tür«, murmelte der Silberbaron. »… uns die Augen verbunden … Höhle voll Wasser laufen … hoffe, dass der Affe dich findet …« Er schüttelte den Kopf. »Der Affe! … Botschaft zum Silberbaron in die Stadt … muss zum Rio Demini kommen … nur noch wenig Zeit …«

Er sah auf. »Hund!«, sagte er. »Wie um alles in der Welt bist du hierhergekommen?«

Der Hund winselte. »Gut, du hast Hunger und Durst, das sehe ich«, sagte der Silberbaron. »Hör zu, ich gebe dir zu fressen und zu trinken und dann machen wir uns beide auf den Weg. Wir haben keine Zeit zu verlieren. Wenn der Zettel die Wahrheit sagt. Wenn es eine Fälschung ist … wenn jemand sich das ausgedacht hat, um einen alten Mann zu ärgern … Dann ist es eben so. Aber ich muss nachsehen, ob es wahr ist.« Er nickte. »Rio Demini … da, wo sie das neue Wasserkraftwerk bauen … wir brauchen einen Flieger, Hund, hörst du?«

Fast kam es dem Silberbaron vor, als nickte der Hund. »Gut, dass ich Leute kenne«, sagte der alte Herr. »Die

Bekanntschaften sind etwas eingerostet, seit ich mich zurückgezogen habe, aber es dürfte nicht so schwer sein, jemanden mit einem Privatflugzeug aufzutreiben. Ximena?«, flüsterte er, als könnte seine Enkelin ihn hören. »Wo immer du bist, ich komme. Du weißt das nicht, aber … deinen Vater konnte ich nicht retten. Dich werde ich retten. Ich bin auf dem Weg.«

SECHZEHNTES KAPITEL,

in welchem Ximena einen Schlüssel findet und eine Tür geöffnet wird

Als die Sonne hoch am Himmel stand, saß Ximena auf einem Baum, den Affen auf ihrer Schulter, und sah zu, wie der Rio Demini weiter und weiter über seine Ufer trat.

Der Wasserfall war gesperrt, der Fluss konnte nicht mehr weiter, sein Wasser prallte Sekunde für Sekunde gegen die neue Staumauer, und langsam wurde der Fluss ein See.

Sie hatte noch immer keine Idee, wo Pablo und Davi steckten. Vielleicht bekamen sie gerade jetzt nasse Füße. Was, wenn etwas Schreckliches mit ihnen geschah?

Ximena nahm den Affen von ihrer Schulter und sah ihn so streng an, wie sie konnte.

»Wo sind sie?«, fragte sie. »Wo sind Davi und Pablo? Du musst mich hinführen. Jetzt. Ehe es zu spät ist. Du siehst doch, dass das Wasser kommt.«

Aber der Affe war kein Hund. Er legte das Köpfchen schief, sah sie verwundert an und kletterte dann auf ihren Kopf, um sich zu putzen.

Sie suchte den Himmel mit den Augen ab, aber da war auch kein Flugzeug, das sich näherte. Er musste in einem Flugzeug kommen, der Silberbaron, das war die einzige Möglichkeit, oder er musste ihnen jemanden schicken, der in einem Flugzeug kam, beispielsweise die Polizei … Nein, sagte Ximena sich, die Polizei vielleicht nicht. Sie würde niemals Leute wie die Männer in den cremefarbenen Jacketts einsperren.

»Wir brauchen ein Wunder«, sagte Ximena zu dem Affen auf ihrem Kopf. »Es muss ein Wunder geschehen. Dringend. Die ganze Welt ist gegen uns, die wichtigen Leute und alle, die ihnen gehorchen, und du bist nur ein Affe … Warte, was ist das? Schau mal! Da sind die beiden Typen, die der Hund schon mal in den Fluss befördert hat!«

Sie kniff die Augen zusammen, um besser zu sehen. Die beiden Männer standen am Rand des stetig steigenden Stausees und sahen ins Wasser. Ximena hörte nicht, was sie zueinander sagten.

Jetzt hob der eine, der grimmigere, die Hand. Etwas glänzte darin im Sonnenlicht, etwas sehr Kleines. Er sah es einen Moment lang an – und ließ es vor sich ins Wasser fallen. Dann zuckte er mit den Schultern, drehte sich um und ging. Sein Kollege folgte ihm, er sah ein paar Mal zurück, zögernd, als wollte er nicht wirklich gehen. Als wäre ihm unwohl dabei. Ximena sah die beiden an den letzten Baumstümpfen vorübergehen und in den Wald eintauchen. Auch dieser Wald, für dessen Abholzung keine Zeit mehr gewesen war, würde bald im Wasser stehen, dachte Ximena. Auch der Baum, auf dem Ximena saß …

Aber sie saß gar nicht mehr darauf. Sie war bereits dabei hinunterzuklettern. Und jetzt rannte sie, rannte, während der Affe sich verzweifelt an ihrem Kopf festklammerte, zu der Stelle, an der die Männer eben noch gestanden hatten. Wenn der See erst ein richtiger See war, wäre das Wasser hier tief und niemand würde den kleinen, glänzenden Gegenstand auf seinem Grund je wiederfinden, den der Mann hineingeworfen hatte.

Was war es?

Etwas, das er dringend hatte loswerden müssen … Ximena hatte sich die Stelle genau gemerkt, aber ihr Herz raste, als sie dort war. Was, wenn es doch die falsche Stelle war? Sie watete ins Wasser, bis es ihr fast bis zur Hüfte reichte. Bückte sich, was der Affe nicht mochte – er musste auf ihren Rücken umsteigen –, und sie spürte seine Pfoten auf der nackten Haut. Es kitzelte. Ihre Kleider hingen ja immer noch als Seil irgendwo aus einem Fenster.

Ihre Hand tastete, fand alte Blätter, Stöcke, Erde, die sich in Schlick verwandelt hatte … und dann war da eine Bewegung im Wasser und sie erschrak. Etwas schwamm unter der Oberfläche auf sie zu. Sie taumelte einen Schritt zurück. Dann tauchte das Etwas auf.

Es war ein Delfin. Einer der rosa Delfine mit den langen Schnauzen, die aussahen wie Schnäbel.

Und in seinem Schnabel trug er etwas.

Etwas Kleines, Glänzendes. Er reckte den Schnabel Ximena entgegen und sie sah ihm in die schwarzen Knopfaugen und nahm das Glänzende. »Danke«, sagte sie, völlig überwältigt. »O danke!«

Der Delfin hob den Schnabel noch höher und schnatterte hell, es klang wie eine Antwort, dann tauchte er weg. Und Ximena spürte, wie ihr Körper sich nach vorn werfen wollte, ins Wasser, um mit ihm zu tauchen. Im Wasser verschwinden, für immer.

Doch in diesem Moment kreischte etwas vom Ufer her und sie fuhr herum und sah, dass der Affe dort saß. Er musste aus Versehen von ihrem Rücken gerutscht, in den See gefallen und dann an Land geschwommen sein.

Jetzt schüttelte er sich, ärgerlich über all die Nässe. Die Tropfen flogen nach allen Seiten und danach sah der Affe aus wie frisch geföhnt. Ximena musste lachen.

Aber dann sah sie den Gegenstand in ihrer Hand an, der wieder im Sonnenlicht glänzte, und sie hörte auf zu lachen und schnappte nach Luft. Der Gegenstand war golden. Nein. Er war nur goldfarben. Es war ein Schlüssel.

Ein kleiner Schlüssel.

Und Ximena ahnte, zu welcher Tür er passte.

Sie stieg aus dem Wasser und hob den geföhnten Affen hoch. »Das muss er sein«, sagte sie. »Hier. Der Schlüssel zu der Tür, hinter der unsere Freunde gefangen sitzen. Ich weiß, du bist kein Hund, es nützt nichts, wenn du an dem Schlüssel schnupperst … aber bitte, BITTE führ mich dahin, wo er herkommt!«

Der Affe nahm den Schlüssel. Drehte ihn in seinen zierlichen Händen. Versuchte hineinzubeißen. Und gab ihn dann Ximena zurück. Kratzte sich ratlos am Kopf. Als wollte er sagen: »Ich weiß nicht, wie man dahin kommt. Es tut mir leid, aber ich habe es vergessen.«

»Verflixt!« Ximena spürte, wie Tränen in ihre Augen traten. »Jetzt haben wir den Schlüssel, aber wir haben keine Tür!« Sie sah sich um und entdeckte oben auf der Staumauer den Mann mit dem Akzent. Er stand da wie ein König und überwachte das Werk seines Unternehmens, das all dies hier gebaut hatte. Hatte er sie gesehen? Ximena sprintete los und stand Sekunden später wieder im Schutz der Bäume, schwer atmend.

In ihrer Hand lag immer noch der Schlüssel.

Da legte sich eine andere Hand auf ihre Schulter.

Sie fuhr herum. Und blickte in das bärtige, hagere Gesicht eines der Goldsucher.

»Sieh mal einer an, da findet man im Wald eine nackte junge Dame mit einem Schlüssel«, sagte der Mann. »Was genau hast du damit vor?«

»Was würdest du tun, wenn du draußen wärst? In dieser Sekunde?«, fragte Miguel.

»Oh, ich würde zurückgehen zu dem Haus, in dem

alle Computer und Hebel und Knöpfe sind«, sagte Pablo.

»Ja, wir waren schon drin«, meinte Davi. »Es gibt einen Raum, in dem man alles ausschalten kann. Ich würde auch dorthin gehen. Ich würde zurückgehen und diesmal wirklich alles lahmlegen. Besser als bei unserem ersten Versuch.«

»Hm«, sagte Miguel. »Wir wollten eigentlich nur friedlich demonstrieren, nichts zerstören. Ist es nicht besser, friedlich zu bleiben? Dinge zu zerstören, ist keine Lösung.«

»O doch, manchmal schon«, sagte Davi. »Sonst zerstört das Kraftwerk den Wald.«

»Früher dachte ich, Wasserkraftwerke sind das Beste, was es gibt«, sagte Gita leise. »Wasser stellt Strom her und es ist nie verbraucht. Es ist eine gute Sache.« Sie lachte leise. »Man darf sie eben nur nicht an Stellen bauen, an denen sie so viel kaputt machen.«

»Man muss den Leuten zeigen, dass es falsch ist, und dann müssen sie es begreifen und das Kraftwerk anhalten«, sagte Miguel. »Ohne Gewalt.«

»Ich mache die Knöpfe und Schaltungen trotzdem kaputt«, knurrte Davi. »Ich bin ein Krieger. Dafür kann ich nichts, das ist meine Erziehung.« Pablo hörte ihn grinsen. »Ich bin ein Krieger und ich werde gegen diese Maschine kämpfen und sie besiegen. Ihr werdet schon sehen.«

Pablo hörte, wie er wieder gegen den Felsen hämmerte. Dann, lauter noch, gegen die Tür. »Lasst mich hier raus!«, schrie Davi. »Lasst mich raus, damit ich anfangen kann zu kämpfen! Es ist nicht fair, einen Krieger einzusperren! Nicht! Fair!«

Ximena starrte den Mann an und krallte ihre Finger fest um den Schlüssel.

Es war nur ein Mann. Der weniger grimmige. Der andere musste schon vorausgegangen sein, wohin auch immer.

»Erschießen Sie mich ruhig«, knurrte Ximena. »Ich weiß, Sie haben eine Waffe.«

Der Mann hob die Hände.

Sie waren leer.

»Ich nicht«, sagte er. »Nur mein Kollege. Aber der ist vorausgegangen. Zum Parkplatz. Will sich mitnehmen lassen in die Stadt, von den Fahrern, die die Stämme abtransportieren.«

»Und Sie?«, fragte Ximena und machte einen Schritt rückwärts. Zeit gewinnen, den Mann zum Reden bringen, einen Ausweg finden, einen Fluchtweg … War es nicht das, was Detektive in Filmen und Büchern taten?

»Ich bleibe im Wald«, sagte der Mann. »Ich habe

meiner Frau gesagt, wenn ich zurückkehre, habe ich die Hände voller Gold, und deshalb werde ich zu der Stelle zurückkehren, wo wir zuletzt gesucht haben, an einem anderen Fluss …«

»Reicht das Geld nicht, das die wichtigen Herren Ihnen bezahlt haben?«, fragte Ximena. »Dafür, dass Sie auf die eingesperrten Studenten aufgepasst haben?«

»Oh, sie haben noch nicht bezahlt«, sagte der Mann. »Sie sagen, wir bekommen das Geld erst nächsten Monat.« Er seufzte. Und dann fuhr sein Arm blitzschnell nach vorn und er griff nach dem Schlüssel. Hielt ihn hoch, sodass sie ihn nicht mehr erreichen konnte.

»Weißt du, junge Dame, was das ist?«

Sie stützte die Hände in die Seiten und sah ihn so fest an, wie sie konnte. Furchtlos, sei furchtlos, sagte sie sich.

»Das ist der Schlüssel zu der Tür, hinter der meine Freunde gefangen sitzen«, sagte sie. »Und ich werde sie befreien. Denn wenn ich die Tür nicht öffne, werden sie ertrinken. Das ist Ihr Plan, nicht wahr.«

»Nicht mein Plan«, sagte der Mann. »Der Plan gewisser anderer.« Er betrachtete den Schlüssel einen Moment lang nachdenklich. Dann verzog sich sein bärtiges, zerschrammtes Gesicht langsam zu einem Lächeln. »Mein Plan hat sich gerade geändert«, sagte er leise. »Weißt du. Ich habe auch Kinder. Im selben Alter wie du und deine Freunde. Komm mit.«

Er drehte sich um und ging weiter in den Wald hinein und Ximena bemühte sich, mit ihm Schritt zu halten. »Was … wohin?«, keuchte sie.

»Zu der Tür«, antwortete der Mann. »Deine Freunde haben lange genug gewartet.«

»Moment, Sie wollen … Sie wollen uns helfen?«

»Vielleicht«, sagte der Mann. »Komm jetzt, wir sollten uns beeilen.«

»Aber … die Tür … da ist eine Höhle und … ist sie nicht irgendwo in diesem … diesem Gebiet, das ein Stausee wird? Es hieß doch, das Wasser läuft in die Höhle, wenn das Kraftwerk anfängt zu arbeiten …«

Der Mann nickte. »Das wird es tun. Aber erst, wenn die Turbinen arbeiten. Komm jetzt. Wir sollten uns beeilen.«

»Dort«, sagte der bärtige Mann.

Ximena schnappte vor Überraschung nach Luft.

Sie standen mitten am Steilhang zwischen den Bäumen, direkt neben den Turbinen und dem künstlich betonierten neuen Wasserfall. Und sie sah die Tür.

Sie befand sich hinter den Turbinen. Oberhalb des kleinen Absatzes.

Die Tür war ordentlich einbetoniert. Oder nicht ganz ordentlich. An einer Stelle neben dem Rahmen gab es eine große Ritze, dort schien der Beton gerissen zu sein und einzelne Stücke waren herausgebröckelt. »Da bist du durchgeschlüpft, was?«, flüsterte sie dem Äffchen zu, das auf ihrer Schulter saß.

Es schien fast, als würde es nicken. Dann keckerte es aufgeregt und sprang von Ximenas Schulter und Sekunden später schlüpfte es wieder durch dieselbe Ritze, diesmal hinein in die Höhle statt hinaus.

»Es sagt seinem Freund Bescheid«, erklärte Ximena. »Dass wir sie rausholen. Das … das tun wir doch?«

Auf einmal hatte sie Angst. Der Mann neben ihr machte ein so seltsames Gesicht, gequält fast. »Oder … oder haben sie mich hierhergebracht, um mich mit den anderen einzusperren? Ist es das? Sie holen jetzt doch noch eine Waffe heraus und zwingen mich, durch die Tür in die Höhle zu gehen …?«

»Ja, ich bin einer der Bösen«, sagte der Mann. »So ist es wohl.«

Und er nahm Ximena am Arm und trat mit ihr auf den Betonabsatz hinaus. Steckte den Schlüssel ins Schloss der Tür. Drehte ihn herum.

Und öffnete die Tür.

»Jetzt macht bloß, dass ihr rauskommt«, knurrte er. Dann drehte er sich um, sprang von dem Betonabsatz zur Seite, zurück auf den Hang mit den Bäumen, und war Sekunden später im Dickicht verschwunden.

Ximena stand verblüfft auf dem schmalen Absatz und hielt sich an der offenen Tür fest.

Und es war gut, dass sie sich festhielt. Denn im nächsten Moment stürmte jemand aus dem Dunkel hinter der Tür und umarmte sie, und hätte sie sich nicht festgehalten, wären sie wohl beide in die Tiefe gestürzt.

»Ximena!«, rief Pablo.

»Seht ihr, ich habe gesagt, sie befreit uns«, meinte Davi, der hinter ihm stand und ins Licht blinzelte. Und hinter Davi standen eine ganze Menge anderer Leute, die blinzelten, junge Leute, lächelnde Leute, glückliche Leute. Einer trug eine kleine runde Brille mit rotem Rahmen, die Ximena sehr bekannt vorkam.

SIEBZEHNTES KAPITEL,

in welchem eine fliegende grüne Erbse alle rettet und der Affe eifersüchtig wird

Nie war Pablo glücklicher gewesen, Ximena zu sehen. Vielleicht, dachte er, war er überhaupt nie glücklicher gewesen. Es war so wunderbar, frische Luft zu atmen, so wunderbar, den Himmel zu sehen. So wunderbar, von dem Absatz, auf dem sie standen, über den Urwald zu blicken, das grüne Meer der Bäume, aus dem hier und da einer ragte, der höher war als alle anderen. Ein Riesenbaum, der Heimat war für Tausende Vögel und Affen und Insekten …

»Pablo!«, sagte Ximena. »Nicht träumen jetzt! Wir müssen hier weg!«

Und sie zog ihn an der Hand mit sich den schmalen Absatz entlang, unter dem es steil in die Tiefe ging. Pablo drehte sich um, hinter ihm war Davi, dann kamen die Studenten, aber er sah Miguel nicht, Miguel musste ganz hinten stehen …

»Komm, schnell!«, sagte Ximena. Und dann kletterten sie von dem Betonabsatz auf den Steilhang, hatten wieder Erde unter den Füßen, rochen das Grün der Bäume. Pablo hielt sich an einem Ast fest und sah noch einmal zurück.

Die letzten Studenten tasteten sich eben den Absatz entlang. Über ihnen vor der Betonwand warteten, im Abendlicht glänzend, die Turbinen. Abendlicht ... dachte Pablo. Am Abend, hatte Miguel gesagt, wäre der Stausee vollgelaufen ... Dann würden sie das neue Wehr öffnen und das Wasser auf die Turbinen stürzen lassen ...

Jetzt waren alle in Sicherheit, nur Miguel und Gita standen noch unter den Turbinen. Sie hatten die anderen vorgelassen.

Und dann knirschte und knarzte etwas weiter oben und Pablo sah, wie sich dort das Wehr in der Mauer öffnete. Jetzt. Jetzt kam das Wasser.

»Migueeeeel!«, brüllte er.

Gita tastete sich jetzt eilig an dem Absatz entlang, aber Miguel stand wie versteinert da und starrte hinauf zu den Turbinen. Wenn das Wasser ihn erreichte, wäre es aus, das Wasser hatte zu viel Kraft, das wusste Pablo. Da sprang das Äffchen mit einem gewagten Satz von Davis auf Miguels Schulter und biss ihn herzhaft ins Ohr. Miguel schrie auf.

Doch er erwachte aus seiner Starre und rannte endlich,

soweit man das, was man auf einem schmalen Betonabsatz tut, rennen nennen kann. Und dann war er bei ihnen.

Und hinter Miguel donnerten die Wassermassen auf die Turbinen und setzten sie in Bewegung und das Wasser stürzte weiter hinunter in das neue Bett des Flusses, schäumend und gischtend zischte es dort entlang, um sich irgendwo im Wald wieder mit dem alten Fluss zu vereinen.

»Jetzt ist dort, wo das Shabono stand, der See«, sagte Ximena leise. »Und deine Leute sind nach Norden aufgebrochen, Davi.«

»Jetzt läuft Strom durch die Leitungen nach Manaus«, sagte der alte Richter. »Ja, jetzt haben sie es geschafft. Sie haben gewonnen.«

»O nein«, sagte Davi entschlossen. »Das haben sie nicht. Wir sind hier. Wir sind frei.«

Und damit begann er, den Steilhang hinaufzuklettern.

»Vielleicht können wir das Wasser stoppen«, sagte Miguel. »Komm, Pablo.« Er nahm Pablo an der Hand und zog ihn mit sich.

»Wir sind schon mal in die Zentrale eingebrochen«, sagte Ximena. »Das kriegen wir auch ein zweites Mal hin. Wir sind viele. Verdammt noch mal, ich fress 'nen Tiger, wenn wir nicht alle zusammen mehr sind als die Wachmänner da oben.«

Und dann waren sie oben, dann standen sie neben dem großen weißen Gebäude, dessen lange Treppe jetzt bis auf die letzten zehn Stufen unter Wasser lag. Nur oben führte noch ein Weg zur Tür. Auch der Parkplatz war unter Wasser, nur ein kleines Stück von ihm war noch da. Ja, da lag er vor ihnen, der Stausee, glatt und blau, leblos. An den Ufern ragten die noch nicht gefällten Bäume heraus, als riefen sie um Hilfe. Auf einem von ihnen saß ein grauer Klumpen. Ein Faultier.

Es war gefangen auf seinem eigenen Baum.

Ein herrenloses Boot dümpelte auf dem Wasser im Abendlicht, ein kleiner Einbaum.

»Das ist unserer«, sagte Davi. »Den wir am Flussufer festgemacht hatten. Nur gibt es jetzt das Flussufer an dieser Stelle nicht mehr.«

»So«, knurrte Miguel und ballte die Fäuste. »Gleich ist es dunkel. Aber ehe es dunkel ist, werden wir da hineingehen und auf ein paar Knöpfe drücken. Zeigt mir den Schaltraum.«

Pablo sah Miguel an. »Ich dachte, du willst das hier gewaltfrei lösen?«, fragte er und grinste ein bisschen. »Ich werde nur Gewalt gegen Knöpfe und Kabel anwenden«, sagte Miguel.

»Aber wie kommen wir rein?«

»Wir gehen einfach rein. Wir sind viele«, sagte Gita. »Los.«

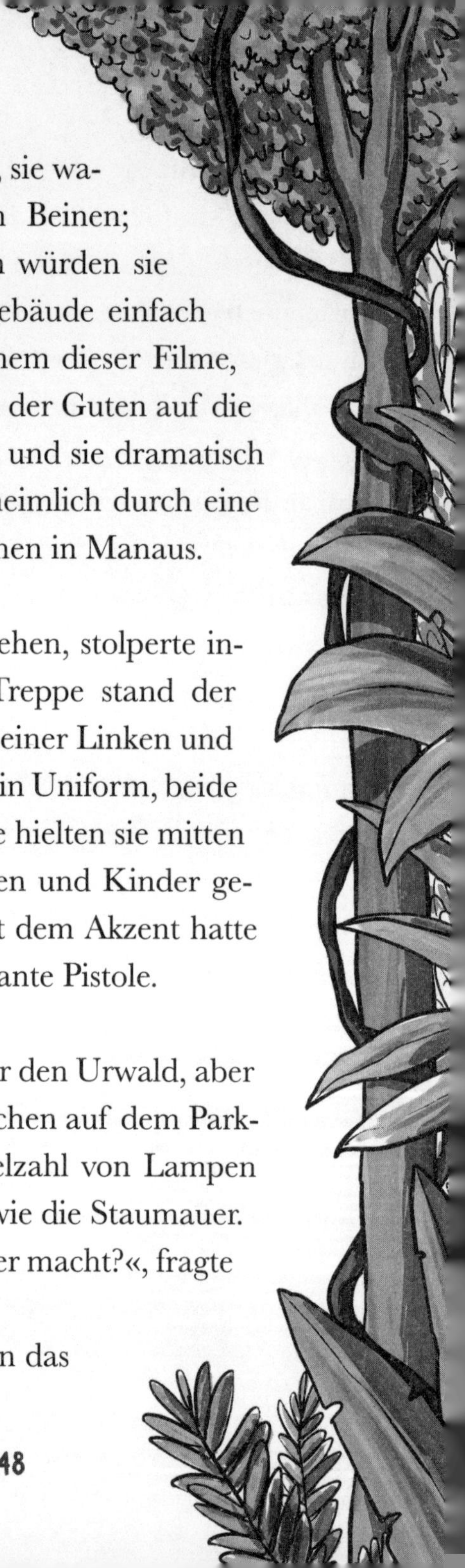

Und dann rannten sie los, sie waren ein Wesen mit vielen Beinen; gleich, dachte Pablo, gleich würden sie die Tür öffnen und das Gebäude einfach stürmen, es wäre wie in einem dieser Filme, in dem am Ende die Armee der Guten auf die Armee der Schlechten trifft und sie dramatisch besiegt – er hatte sich oft heimlich durch eine Hintertür ins Kino geschlichen in Manaus.

»Haaaaaaaalt!«

Die Gruppe kam zum Stehen, stolperte ineinander. Oben auf der Treppe stand der Mann mit dem Akzent, zu seiner Linken und Rechten zwei Wachmänner in Uniform, beide mit Waffen in der Hand. Sie hielten sie mitten in die Gruppe der Studenten und Kinder gerichtet. Auch der Mann mit dem Akzent hatte eine Waffe, eine kleine, elegante Pistole.

Es war plötzlich sehr still.

Die Nacht senkte sich über den Urwald, aber das Gebäude und die Menschen auf dem Parkplatz wurden von einer Vielzahl von Lampen hell angeleuchtet, genauso wie die Staumauer.

»Was denkt ihr, was ihr hier macht?«, fragte der Mann mit dem Akzent.

»Wir dachten, wir schalten das

Kraftwerk aus«, sagte Davi. »Und lassen den Stausee wieder ab. Das Faultier dahinten möchte an Land gehen.«

»Niedlich«, sagte der Mann.

»Und mein Volk möchte sein Land zurückhaben«, sagte Davi sehr höflich. »Es gehört Ihnen nämlich nicht. Es gehört uns.«

»Nun, dazu gibt es einen Gerichtsbeschluss«, sagte der Mann ruhig. »Es gab eine Klage und es wurde dagegen entschieden. Der Richter hat erklärt, dass das Land Staatseigentum ist und dass es nirgends Papiere gibt, die beweisen, dass es jemals irgendwelchen Indios gehörte. Und ich habe es vom Staat für viel Geld gekauft, um den Stausee und das Kraftwerk zu errichten. Für Brasilien. Brasilien braucht Strom!«

»Nein!«, rief Pablo. »Brasilien braucht Bäume!«

Alle murmelten etwas Zustimmendes.

»Außerdem habe ich das nie erklärt«, sagte Senhor Gonzales von ganz hinten. »Entschuldigung? Ich bin der Richter. Ich habe gegen das Kraftwerk entschieden. Die Papiere, auf denen steht, dass das Land den Indios gehört, lagen mir durchaus vor.«

»Aber es gibt keine Aufzeichnung von der Urteilsverkündung«, sagte der Mann mit dem Akzent. »Und wieso haben Sie sich hinterher aus dem Staub gemacht? Sowohl Sie als auch die Papiere waren nicht aufzufinden. Sonst hätten wir Sie natürlich gerne gefragt.«

»Sie!«, rief Ximena. »Sie haben ihn doch entführt!«

»Ich? Ich habe niemanden entführt«, sagte der Mann mit dem Akzent.

»Aber Sie haben uns den Auftrag dazu gegeben!«, rief jemand und Pablo fuhr herum. Hinter der Gruppe stand einer der Goldgräber. Der weniger grimmige. »Sie und Ihr Freund, der unbedingt Bürgermeister von Manaus werden will! Und Sie haben all diese Leute einsperren lassen!«

»Schreien Sie hier nicht so rum«, sagte der Mann mit dem Akzent und begann, die Treppe hinunterzugehen. Die Wachmänner zu seiner Linken und Rechten stiegen mit ihm hinab, die Waffen immer noch im Anschlag. Sie hatten jetzt den Boden erreicht und die Gruppe der Studenten und Kinder wich langsam zurück in Richtung Parkplatz.

Die drei Bewaffneten trieben sie vor sich her wie eine Schafherde.

»Was hat er vor?«, wisperte Ximena.

»Ich weiß nicht«, flüsterte Pablo. »Vielleicht will er einfach, dass wir gehen.«

»So«, sagte der Mann mit dem Akzent, als sie auf dem Parkplatz standen. »Ich muss sagen, es tut mir furchtbar leid, aber das sind einfach zu viele Leute, die den Ablauf hier stören.« Er nickte den beiden Männern an seiner Seite zu. »Los.«

Hinter ihm glänzte blau der Stausee, er war fast schön, und Pablo legte einen Arm um Ximena.

Das, dachte er, wäre also das Letzte, was er sah. Den blauen Stausee und den Himmel über dem Urwald.

Die Männer zögerten. »Macht schon«, sagte der mit dem Akzent und trat einen Schritt zurück. »Erschießt sie. Niemand wird sie je finden. Wir sorgen hinterher gemeinsam dafür.«

»Aber –«, sagte einer der Männer. Pablo sah, wie ihm der Schweiß übers Gesicht lief. Er hatte Angst, dieser Mann, er wollte vielleicht nicht schießen.

In diesem Moment dröhnte etwas am Himmel heran und sie hoben alle die Köpfe. Dort erschien im Blau plötzlich ein kleines altes grünes Flugzeug, ein wenig rundlich: ein Ding wie eine fliegende Erbse. Es kam rasch näher und dann war es genau über ihnen, kreiste einmal, zweimal –

»Schießt, verdammt!«, brüllte der Mann mit dem Akzent.

»Nein!«, schrie einer der Männer. »Die sehen uns doch aus dem Flugzeug!«

Und dann landete die fliegende Erbse auf der noch nicht fertigen Straße. Sie rollte schwankend und schlingernd über den Platz auf die Gruppe zu und Miguel scheuchte die ganze Gruppe rückwärts. »Aus dem Weg!«, rief er. »Aus dem Weg von diesem Ding!«

Da rollte die grüne Erbse nur noch auf den Mann mit dem Akzent und seine Wachleute zu, die stocksteif stehen geblieben waren, völlig verblüfft. Dieses war nicht das Flugzeug ihrer Chefs, denn das war rot und nicht so alt.

»Wer ist das?«, flüsterte Davi.

Man konnte jetzt durch das Fenster des Flugzeugs einen älteren Herrn sehen, der es steuerte, und neben ihm etwas Graues.

»Das«, sagte Ximena lächelnd, »ist mein Großvater.«

»Der Silberbaron«, sagte Pablo.

»Und mein Hund«, sagte Gita.

Der Mann mit dem Akzent hob abwehrend die Hände und dann trat er, gemeinsam mit den Wachmännern, instinktiv einen Schritt zurück. Sie landeten alle drei im Wasser und gingen unter. Samt Waffen.

Als sie wieder hochkamen, stand die grüne Erbse still, genau vor dem gemauerten Ufer des Stausees. Die Tür öffnete sich und der Silberbaron kletterte aus dem Flugzeug, etwas mühsam, seinen Stock mit dem silbernen Knauf in einer Hand. Der Hund war schneller, er drängte sich an ihm vorbei, rannte los und sprang Gita in die Arme. Er warf sie um und leckte ihr übers Gesicht und sie lachte, aber dann warf der Hund auch Ximena und Pablo und Davi um, er schien zu finden, dass er ihnen allen ein wenig gehörte, und Pablo lachte und wuschelte ihm durchs Fell.

Als sie sich alle wieder aufgerappelt hatten, stand der Silberbaron vor ihnen, als wollte er eine Rede halten. Er sah von einem zum anderen. »Ja, ich …«, sagte er und räusperte sich. »Ich habe wohl … Waren das denn die Richtigen, die wir in den See befördert haben?«

»Das waren genau die Richtigen«, sagte Miguel und trat vor, aus der Gruppe heraus, um dem Silberbaron die Hand zu schütteln. Der Silberbaron war viel kleiner als Miguel, aber er strahlte so viel Würde und Autorität aus wie ein König.

»Ximena«, sagte er, »ich dachte mir schon, dass du was Frisches zum Anziehen brauchst. Ich habe dir etwas mitgebracht – obwohl ich nicht damit gerechnet hatte, dass du ganz nackt bist.« Ximena trat ebenfalls vor, zögerte kurz – und umarmte ihren Großvater dann. »Bist du sehr böse?«, hörte Pablo sie murmeln. »Ich meine, dass ich abgehauen bin?«

»Ja«, sagte der Silberbaron streng. »Aber noch böser bin ich auf diese Leute, die versucht haben, euch zu erschießen.«

Pablo sah, wie die drei aus dem Wasser ans Ufer kletterten. Es war mühsam, denn der Beton war zu glatt dort. Sie hatten ihre Waffen im See verloren.

»Ich wünschte, jemand hätte gefilmt, was der Typ alles gesagt hat«, meinte Miguel. »Dann hätten wir einen Beweis.«

»Aber ich habe gefilmt«, sagte Gita. »Die Kamera haben sie uns doch nie abgenommen. Sie dachten, sie können das später erledigen, wenn sie uns kaltgemacht haben.«

Sie nahm den Chip aus der kleinen Handkamera und hielt ihn hoch. »Bitte sehr. Alles da.«

»Das müssen wir der ganzen Welt zeigen!«, rief Davi. »Oh, so ein Mist, dass meine Leute einfach nach Norden gegangen sind, sonst könnten wir ihren Computer leihen und hätten hier auf den Bäumen Internet!«

»Wer ist nach Norden gegangen?«, fragte jemand von sehr weit oben und sie hoben schon wieder die Köpfe. Am Rand des Parkplatzes, gar nicht weit weg, saß jemand auf einem hohen Baum, gut verborgen vom Blattwerk. Man sah ihn nur, wenn man wusste, dass er da war.

Es war ein ziemlich alter Mann. Und er hielt etwas eckiges Schwarzes vor sich.

Einen Laptop.

»Unser Stammesältester«, antwortete Davi verwundert. »Er … spielt gewöhnlich Subway Surf da oben in den Ästen. Wo … wo sind die anderen?«

»Hier! Hier! Hier!«, rief es von allen Seiten und dann kamen Davis Leute aus dem Wald, sie waren unsichtbar gewesen, aber auf einmal waren sie da und sie traten alle vor, während der Älteste langsam vom Baum kletterte.

Dann standen sie unten vor der Gruppe der Studenten. Sie waren alle nackt und es war irgendwie seltsam, dass die Studenten etwas anhatten. Als gehörte sich Kleidung im Grunde nicht in diesem Urwald. Aber dann fiel Pablo auf, dass Ximena eigentlich auch nichts anhatte. Bis jetzt hatte er vor lauter Aufregung nicht darauf geachtet und jetzt lohnte es sich auch schon nicht mehr, rot zu werden.

»Ich glaube, es wird Zeit, dass wir das Kraftwerk abschalten«, verkündete Davi laut. »Ich glaube …«

Der Rest ging in allgemeinem Jubel unter.

»Los«, sagte Pablo.

Und dann erklomm die ganze Gruppe im Laufschritt die Treppe. Pablo öffnete ihnen die Tür. Kein Wachmann hinderte ihn daran. Die Menschen flossen in das Gebäude wie Wasser, begannen, es auszufüllen, und alle Wachmänner, die sie in den Zimmern trafen, hoben ängstlich die

Hände und wichen zurück. Manche von ihnen hatten Waffen.

Aber Davis Leute hatten Pfeil und Bogen, sie hielten sie im Anschlag, während sie weiterschlichen, und keiner der Wachmänner hatte Lust, einen Pfeil abzubekommen.

In der Zentrale mit den vielen, wieder reparierten Bildschirmen baute sich der Älteste auf und legte seinen Laptop auf einen Tisch. »So«, sagte er. »Da uns das Land gehört, gehört uns auch das Kraftwerk. Und ich als Ältester bestimme, was damit geschieht.« Er hob die Hände. »Hebelt die Hebel! Schaltet die Schalter! Knöpft die Knöpfe! Oder was man sonst so tut.

Macht das Ding aus. Und lasst den Fluss zurück in sein angestammtes Bett.«

Davi führte Pablo, Ximena und Miguel durch den Korridor in den kleinen Schaltraum mit den vielen blinkenden und leuchtenden Knöpfen.

»Hier ist ein Knopf, auf dem steht Wehr 1/Wehr 2«, sagte Ximena. »Aber welches ist welches? Wir müssen das neue Wehr schließen und das alte öffnen, damit das Wasser wieder den Wasserfall runterkann.«

»Ganz einfach, wir nehmen beide Knöpfe«, meinte Davi. »Dann machen wir das eine auf und das andere zu.« Und er stützte sich mit beiden Händen auf je einen roten Knopf. Etwas wie ein Knirschen ertönte und der Boden zitterte. »Vielleicht … hätte man das nicht gleichzeitig tun sollen …«, murmelte Pablo. Und dann bebte der Boden und sie verloren alle das Gleichgewicht.

Als wieder alles ruhig war, rappelten sie sich auf und rannten hinüber in den Raum mit den Bildschirmen.

Der Stammesälteste stand majestätisch zwischen ihnen, neben sich den Wachmann, den zwei andere Indios festhielten. Sie hatten ihn offenbar in irgendeiner Ecke gefunden und hierhergeschleift.

»Mein Freund«, sagte der Stammesälteste in seinem gebrochenen Portugiesisch und legte von unten einen Arm um den viel größeren Wachmann. »Sieh hin.«

Und auch Pablo sah hin, er sah auf die Bildschirme. Auf einer ganzen Reihe von ihnen sah man im künstlichen Licht der Lampen das neue Wehr, das jetzt wieder verschlossen war, und auf einer anderen Reihe von Schirmen den Wasserfall, dessen Wehr geöffnet war. Das Wasser stürzte ohne Hindernis hinunter, eine weiße Gischtwolke stand darüber, strahlend hell im Licht.

»So«, sagte der Älteste. »So muss der Rio Demini aussehen, mein Freund. Ungezähmt. Merk dir das gut. Das andere war falsch. Aber das weißt du ja jetzt.« Er klopfte ihm leicht mit seinem Stock auf die Schulter. In diesem Moment erloschen alle Lampen.

»Tja«, sagte Miguel, »die waren wohl schon umgeschaltet auf Kraftwerkstrom. Aber es gibt keinen Strom mehr.«

»Nein«, sagte Davi. »Denn draußen scheint der Mond. Und irgendwo wartet noch ein Boot auf uns. Kommt ihr mit? Paddeln wir raus und retten das Faultier?«

Es war eine wunderbare Nacht. Alle saßen am Ufer und erzählten und erzählten, von irgendwoher waren die Rucksäcke mit dem jetzt schon etwas alten Proviant aufgetaucht, den sie gemeinsam aufaßen, und sie lachten viel. Vor Erleichterung. Vor Glück. Vor Freude am Leben.

»Wo ist eigentlich der Mann mit dem Akzent?«, fragte Pablo. Aber der Mann mit dem Akzent war nicht mehr da, genauso wenig wie die beiden Wachmänner, die ihre Waffen im See gelassen hatten.

»Vermutlich sind sie alle abgehauen«, sagte Ximena mit einem kleinen Schulterzucken. »Die neue Straße entlanggegangen. Im Wald verschwunden.«

Sie grinste um ein Butterbrot herum. »Es sollen immer wieder Leute im Amazonas verschwinden, was man so hört.«

»Es ist egal«, sagte Davi. »Wir haben ja den Film. Und die Fotos der Studenten.« Er sah zum nächsten sehr hohen Baum hinauf. »Wenn mich nicht alles täuscht, sitzt unser Ältester gerade oben und postet sie.« Er seufzte. »Oder er spielt wieder Subway Surf.«

Und dann sprangen sie ins Wasser des Stausees, dessen Spiegel bereits langsam zu sinken begann, und schwammen im Mondlicht hinaus zu dem Einbaum, der friedlich auf den winzigen Nachtwellen des Sees schaukelte. Also Ximena und Davi schwammen. Pablo musste sich damit abfinden, wieder mitgeschleppt zu werden, aber diesmal hatte er ein Stück von einem großen, abgesägten Ast gefunden, der ihm als Schwimmhilfe diente. Es sah vermutlich nicht gut aus. Doch das war ihm egal. Er war glücklich.

Es war nicht einfach, in den Einbaum hineinzuklettern, immer wieder kippte der Einbaum um und sie kicherten, tauchten unter und auf und prusteten und machten Unsinn, weil auch Detektive, die den Wald oder die Welt retten, zwischendurch Unsinn machen müssen.

Schließlich kletterten Davi und Pablo von zwei Seiten gleichzeitig hinein, da ging es, und sie zogen Ximena an Bord. Es gab keine Paddel mehr im Einbaum. Sie paddelten mit den Händen. Sie hatten es nicht eilig. Sie paddelten bis zum Fuß des Faultierbaums, dann kletterte Davi den Baum hinauf und holte das Faultier. Es sah ihn verwundert an und schlang in Zeitlupengeschwindigkeit einen flauschigen, graufelligen Arm um seinen Hals.

»Ich glaube, es mag dich«, sagte Pablo und grinste. »Sieht aus, als hättest du ein neues Haustier.«

Das Äffchen, das mit im Boot saß, sah ein bisschen beleidigt aus. »Hier, sag Guten Tag«, meinte Davi, nahm das Äffchen und hielt es dem Faultier vor die Nase. »Aber sprich nicht zu schnell.«

Dann hielt er beide Tiere auf dem Schoß, während Pablo und Ximena mit den Händen zurück zum Ufer paddelten. Und da merkte das Äffchen, dass das Faultier sehr weich war, und benutzte seinen Bauch als Kopfkissen, denn immerhin war es Abend und das Äffchen war müde.

Das Mondlicht machte die Oberfläche des Sees jetzt silbern und auf einmal tauchte vor ihnen daraus eine Flosse auf, die gleich wieder verschwand. Dann noch eine und noch eine. »Delfine«, flüsterte Ximena und hörte auf zu paddeln. »Flussdelfine!« Sie stand im Boot auf, sodass es schwankte, und hob den Saum des dunkelblauen Rüschenkleides, das ihr Großvater ihr mitgebracht hatte. »Nein!«, sagte Pablo. »O nein! Du springst jetzt nicht ins Wasser und tauchst wieder mit ihnen weg.« Er griff nach dem Kleid, ehe sie es abstreifen konnte, und hielt es fest.

Ximena wand sich. »Lass mich … lass mich los, ich muss …«, murmelte sie.

»Du musst gar nichts. Außer bei uns bleiben«, sagte Pablo.

Da tauchten die rosa Delfine ab und waren fort und Ximena blinzelte benommen.

»Was ist das bloß mit dir und den Delfinen?«, fragte Davi kopfschüttelnd.

»Ich … ich weiß nicht«, murmelte Ximena.

»Das finden wir auch noch heraus«, sagte Pablo entschlossen. »Irgendwann.«

Ximena nickte. »Dies hier war nicht der letzte Fall der furchtlosen Drei.« Sie sah Davi an. »Ich glaube, der Hund will aussteigen. Er ist ja jetzt wieder bei Gita. Vielleicht könntest du der dritte Furchtlose sein? Wärst du gern ein Detektiv?«

»Wenn ich ein Faultier und einen Affen mitbringen kann«, meinte Davi.

LETZTES KAPITEL,

in dem alles wieder beim Alten ist und – doch ganz anders

Die Villa war marode. Sagten die Leute.

Das bedeutete: Kaputt. Hinüber. Einsturzgefährdet.

Sie stand zwischen anderen weniger kaputten und bunt angestrichenen Häusern – hellblau, gelb, lila, aber in der Villa wuchsen Bäume, Schlingpflanzen umrankten die alten Mauern, kleine lila Blüten regneten durch die Fenster.

»Ich liebe deine Villa«, sagte Ximena und baumelte mit den Beinen. »Sie ist fast so gut wie der Urwald. Nur besser, weil man von diesem Turm aus alle möglichen Leute beobachten kann. Das ist wichtig für Detektive.« Sie sah durch das Fernglas, das sie mitgebracht hatte. »Da ist Maria, die Saftverkäuferin mit den vielen kleinen Kindern!«, rief sie. »Ein Glück, dann hat also doch niemand sie entführt. Sie redet gerade mit diesem blinden Opernsänger, gleich da unten in der Straße, wie hieß der noch? Tom Weißfeder. Und der Geiger steht auch dabei!

Vielleicht haben sie alle schon im Radio gehört, was passiert ist! Oh! Sie haben uns gesehen. Sie winken!«

Pablo hob den Arm und winkte zurück.

Und er dachte, dass einer von ihnen sie damals verraten hatte. Sie wussten noch immer nicht, wer es gewesen war. Nun, vielleicht war es besser, es nicht zu erfahren. Vielleicht tat es demjenigen jetzt leid.

»Ist das Fernglas neu?«, fragte er. »Das hattest du im Urwald noch nicht.«

Ximena zuckte mit den Schultern. »Ich … habe es zu Hause in einer Schublade gefunden. Im alten Schreibtisch meines Vaters. Als Detektiv braucht man doch ein Fernglas.«

»Darfst du es denn einfach so nehmen? Hast du den Silberbaron gefragt?«

»Nicht direkt«, sagte Ximena. »Aber wenn ich gefragt hätte, ob ich nachts abhauen und als Junge verkleidet auf einen Amazonasdampfer steigen und in den Urwald fahren darf, hätte er Nein gesagt. Und dann hätten wir nie das Kraftwerk verhindert und nie Miguel und seine Freundin und alle gerettet.«

Pablo seufzte. »Glaubst du wirklich und im Ernst, sie ist seine Freundin?«

»Na ja, als sie gestern mit uns zurück nach Manaus geflogen sind, hat sie sich ganz eng an ihn gelehnt. Sah schon ziemlich nach Freundin aus.«

Pablo nickte. »Das Fliegen war toll«, sagte er. »Man konnte alles sehen. Aber Miguel sagt, es ist überhaupt keine gute Sache zu fliegen. Die Flugzeuge machen mit ihren Abgasen die Umwelt kaputt. Auch den Wald. Und alles.«

»Na ja, aber in diesem Fall hat das Flugzeug den Wald gerettet«, meinte Ximena. »Vielleicht kommt es darauf an, ob ein Flugzeug Detektive transportiert oder nicht.« Sie lachte. »Dass mein Großvater dieses Flugzeug aufgetrieben hat … Es gehört einem alten Kumpel von ihm, hat er gesagt, aber der fliegt schon seit Jahren nicht mehr damit. Mannomann. Und dass mein Großvater es fliegen konnte!«

»Vielleicht ist er anders, als du denkst«, meinte Pablo und begann, ein Seil aus Kletterpflanzen zu flechten.

»Na ja, jetzt hat er sich wieder in seiner Bibliothek vergraben«, sagte Ximena. »Er liest uralte Bücher und guckt Landkarten an und brütet vor sich hin.«

»Aber dafür hat er dir erlaubt, hierherzukommen«, sagte Pablo. »Und mich zu besuchen.«

»Ja, das Kindermädchen ist fast in Ohnmacht gefallen.« Ximena lachte. »Aber, ganz ehrlich, so direkt wissen tut er nicht, wo ich bin. Also, dass ich auf einem kaputten Turm sitze, in einer Ruine. Ich glaube, er denkt, du wohnst etwas … normaler.« Sie sah auf ihre Armbanduhr, die Pablo auch neu vorkam, oder neu-alt. Es war ein klobiges Ding zum Aufziehen. »Hab ich auch in der Schublade gefunden«, meinte Ximena. »Neben dem Fernglas. Detektive müssen doch wissen, um welche Uhrzeit sie zum Beispiel eine Leiche finden. Jetzt ist es fast drei Uhr. Warte, jetzt kommen gleich wieder die Nachrichten. Mein Großvater meinte, sie hätten heute um zwei Uhr gebracht, dass das Kraftwerk stillgelegt ist. Aber da hab ich die Nachrichten verpasst.«

Sie zog ein kleines Radio aus ihrem Rucksack und stellte es zwischen Pablo und sich.

Es dudelte Reklame.

Und dann ertönte die Melodie der Nachrichten.

»Manaus, Rio Demini«, sagte der Nachrichtensprecher. »Das eben erst fertiggestellte Kraftwerk hat seinen Betrieb nach wenigen Stunden wieder eingestellt. Wie nun bekannt wurde, sind der damals verschwundene Richter sowie die Dokumente wieder aufgetaucht, die belegen, dass der Grund und Boden, auf dem der Stausee und das Kraftwerk stehen, rechtmäßig einem Indiostamm gehört, der gegen den Bau geklagt hatte. Auch die Studentengruppe, die daraufhin demonstriert hatte, wurde im Wald wiedergefunden. Das von ihnen bereitgestellte Fotomaterial ist seit gestern Abend im Internet zu sehen und sorgte für einen internationalen Aufschrei. Der Stausee hätte bei Weiterbestehen einen Großteil unberührten Urwaldes zerstört, der zu einem Naturschutzgebiet gehört, ein Teil der Bäume ist bereits illegal gefällt worden.

Die amerikanische Firma, die den Auftrag für den Bau des Kraftwerks hatte, ist inzwischen angeklagt, die zuständigen Behörden bestochen zu haben. Der Chef der Firma wurde bislang nicht gefunden, er scheint im Amazonasurwald verschwunden zu sein. Der Chef der Behörde, der nach den uns vorliegenden Angaben Bürgermeister von Manaus werden wollte, ist ebenfalls angeklagt. Es scheint, als hätte er zwei Männer bezahlt, die die Studenten nach ihrer Demonstration entführt haben. Angeblich waren es drei Kinder, die die Gruppe wiederfanden. Nach den Filmaufnahmen, die im Internet zu sehen sind, hat der amerikanische Firmenchef versucht, die Kinder und die Studenten zu töten, doch sie konnten gerettet werden. Selbst der Präsident hat sich dafür ausgesprochen, dass die Drahtzieher in diesem haarsträubenden Fall rasch hinter Gitter wandern. Hören Sie die Worte unseres Präsidenten.«

Pablo und Ximena sahen sich an und grinsten.

»… muss ich sagen, dass wir solche Dinge in unserem Land nicht dulden«, sagte eine andere Stimme aus dem Radio. »Wir sind ein Rechtsstaat, wir achten Recht und

Ordnung, und die Regenwälder und Indiovölker darin liegen uns allen am Herzen. Ich werde dafür sorgen, dass die Strafe für diese Verbrechen gegen Natur und Menschen gerecht ausfällt und beide Männer, die …«

»Warte«, sagte Pablo. »Erkennst du die Stimme?«

Ximena runzelte die Stirn.

»… hohen Strafen zahlen und für lange Zeit hinter Gitter wandern«, sagte die Stimme.

»Hörst du denn nicht«, fragte Pablo, »wie sanft sie klingt?«

Ximena legte den Kopf schief, schloss die Augen und lauschte. »… das Kraftwerk noch nicht einmal rentabel gewesen wäre«, fuhr die sanfte Stimme fort, »da das Wasser die Hälfte des Jahres über nicht gereicht hätte, um die Turbinen zu betreiben.«

Der Nachrichtensprecher übernahm wieder und sprach vom Wetter und Ximena machte das Radio aus.

»Das ist … das ist … der Präsident! Er war …«, begann sie atemlos.

»Er war der dritte Mann«, sagte Pablo. »Der dritte, der das mit dem Kraftwerk eingefädelt hat.«

»Ich habe ihn gar nicht erkannt«, sagte Ximena. »Eigentlich peinlich. Aber vermutlich hat er selbst dafür gesorgt, dass er nicht aussieht wie im Fernsehen und auf den Fotos.«

»Ich wette, er war der eigentliche Chef der ganzen

Aktion. Der hat sich auch eine goldene Nase verdient an der amerikanischen Firma. Wetten?«

Ximena sprang auf. »Aber ... aber das heißt ja, wir müssen ihn hinter Gitter bringen, genau wie die anderen! Wir müssen allen die Wahrheit sagen ...«

»Wie willst du das denn beweisen?«, fragte Pablo. »Er war es, weil er eine ähnliche Stimme hat wie der Mann, den wir gehört haben? Wir haben keine Aufnahmen von ihm. Und wir sind nicht hundertprozentig sicher, dass er es war.«

»Mist«, sagte Ximena und setzte sich wieder. »Dann hat alles gar nichts genützt?«

Unter ihnen lag Manaus, bunt, laut, chaotisch – und dahinter der Urwald, in der Ferne, grün und unendlich.

»Doch«, sagte jemand hinter ihnen. Sie fuhren herum. Dort stand Miguel. Er drehte seine Brille in den Händen und grinste.

»Ich dachte, du kommst nicht mehr«, sagte Pablo. »Weil du jetzt eine Freundin hast.«

»I wo, natürlich komme ich, es ist doch Freitag«, sagte Miguel. »Ich habe gleich in der Uni eine Vorlesung, aber vorher wollte ich bei dir vorbeischauen. Und ich habe dir ein Sandwich mitgebracht. Wie immer.«

Er reichte Pablo eine Papiertüte.

»Danke«, sagte Pablo. »Setz dich. Aber ich hatte schon ein Stück Kuchen, das Ximena zu Hause in der Küche geklaut hat. Ich bewahre das Sandwich für morgen auf.« Er verstaute die Tüte in dem alten Rucksack, der neben ihm lag.

»Und ich wollte sagen … natürlich hat es etwas genutzt, was ihr getan habt«, sagte Miguel. »Seht euch das da unten an! All das Grün um Manaus herum! Ein großes Stück davon habt ihr gestern gerettet. Und da wohnen eine Menge Affen und Faultiere und Delfine und Papageien und andere, die euch dankbar sind. Und jeder dieser Bäume da unten hilft mit seiner Fotosynthese, Sauerstoff zu produzieren und diese dumme alte Erde ein klein wenig zu retten.«

»Meine Güte, das klingt wie in der Kirche«, sagte Pablo. »Amen.«

»Rück mal 'n Stück«, sagte Miguel und setzte sich neben ihn. »So. Und jetzt vergiss die Stimme im Radio. Ich wusste das alles längst. Man kann nicht alle auf einmal einsperren. Auch als Detektiv nicht. Aber das hier …«, er legte einen Arm um Ximena und einen um Pablo, »… ist erst der Anfang. Ihr habt ganz bestimmt noch jede Menge Fälle vor euch. Davi wartet nämlich. In seinem Shabono, das wieder fast trocken ist. Er hat mir eine E-Mail geschrieben. Wenn ihr nicht irgendwann wiederkommt, um einen neuen Fall zu lösen, wird er sich langweilen.«

Antonia Michaelis lebt seit vielen Jahren mit ihrer Familie an der Ostseeküste. Ihre Romane für Jugendliche und Erwachsene führen den Leser an die Grenzen der Wahrnehmung und der Gesellschaft. In Madagaskar, wo sie mit ihrer Familie für zwei Jahre lebte, hat sie 2019 ein Schulprojekt für ärmste Kinder auf die Beine gestellt (*www.les-pigeons.mg*).

Sonja Kurzbach wurde 1983 in Ostfriesland geboren und zog nach dem Abitur nach Bremen, um sich zur Mediengestalterin ausbilden zu lassen. 2013 gewann sie ein Stipendium an der AID Berlin, was sie schließlich in die Hauptstadt zog. 2017 schloss sie ihr Studium mit einem Comic über zwei gefräßige Berliner Stadttauben mit der Note 1,0 ab. Abseits des Zeichentisches liebt sie Karate, Siebdruck, schöne Fahrräder und Punkkonzerte.